순간의　철학

찰나에서 시작하여 영원으로 깊어지는
인문학 이야기

함돈균 지음

순간의 철학

ㄴㄴ〉〈ㄷㄴ

*아그네스 마틴Agnes Martin과 리처드 터틀Richard Tuttle의 그림책 『사랑이라는 종교Religion of Love』를 읽고 제목과 영감을 빌리다. 물, 불, 흙, 바람, 다윗과 로하.

1.

생명체가 생존에 필요한 최적의 상태를 안정적이고 능동적으로 유지하려는 경향을 '항상성homeostasis'이라고 한다. 원어를 그대로 옮기자면 '동일한homeo' 것을 '그대로 유지한다stasis'는 뜻이다. 항상성은 생명체의 자기방어 기제다. 생명체는 자기를 보호하기 위해 외부의 미세한 변화를 지극히 예민하게 감지하고, 제 몸의 일부가 아닌 다른 것의 침입에 격렬하게 저항한다. 덕분에 외부의 추위나 더위에도 일정한 수준의 체온을 유지하고, 바이러스의 침투로부터 자기를 지켜냄으로써 병들지 않는다. 자기 아닌 것에 의한 신체 변이에 저항하는 자가 반응은 생명이 타자에 지배받지 않는 자유와 독립성을 보여준다는 점에서 경이롭다.

사랑의 신비는 자기의식을 지닌 인간이라는 한 생명체의 항상성, 이 폐쇄적이면서도 자연스러운 독립심이 타자를 향해 열리는 극히 예외적 순간이라는 점에 있다. 이 시간에 개체는 타자의 관점을 자기 삶의 중심으로 삼는 기이한 경향을 감내한다. 아직까지 인간만큼이나 복잡한 자기의식을 지닌 생명체가 발견되지 않았음을 사실로 전제한다면, 사랑은 뭇 생명체의 '교미'와는 전혀 다른 양상을 띠는 '우주적 예외' 시간이다. 교미는 DNA를 다음 세대로 전달하려는 동일성의 강화 의도로 점철되어 있다. 내재적이라기보다는 외재적 교섭이며, 항상성을 깨뜨리지 않는다. 그러나 인간이라는 생명체에게 사랑의 양상은 복합적이고 복잡하다. 그것은 내재적으로 체험된다. 그 양상을 어떻게 설명하건 간에, 이 시간에 타자가 주체의 의식 내부로 깊숙이 침투해온다는 사실만은 틀림없다. 주체는 지금까지 가까스로 마련해놓은 자기 생존의 최적성과 안정성을 느닷없이 타자가 흔들어놓는다는 사실을 인지하면서도, 즉 항상성의 파괴를 인지하면서도, 자기 오염이라는 위험을 기꺼이, 아니어쩔 수 없이 수락한다. 사랑의 시간에 주인은 내가 아니라 타자라는 바이러스다. 지금까지 자기다움이라 불렸던 정체성은 혼란을 맞고 열병을 앓는다. 치명적인 병에 이르는 경우도 드물지 않다.

그러나 자연계의 미생물이 개체를 죽음으로 끌고 가는 것과는 달리, 사랑의 바이러스는 특별하고 고유한 변증법을 통해 이 존재들을 일상과 다른 생명 세계로 인도한다. 이 세계는 육체적 환희를 넘어서 있다. 열렬한 타자 지향이 개체 보호의 본능을 해체하면서, 항상성이라 불리던 자기동일성이 실은 자기연민, 자기주장에 사로잡힌 보잘것없는 에고에 불과하지 않을까 하는 의심을 부여하기도 한다. 자연 세계에서 유일하게 나르시시즘이라는 갑옷을 입고 살아가는 인간이라는 에고이스트가, 스스로를 다른 관점에서 각성할 수 있는 메타 인지의 문이 열리는 것이다. 이 경험의 특별함은 이것이 자연의 자연성, 다시 말해 본능을 거스르는 일종의 '극기克己' 체험이라는 사실이다. 이 거스름에 깃든 타자 지향적 역동성은 그들을 전혀 예측하지 못했던 입구로 끌고 간다. 너그러우면서도 열렬한 타자 숭배가 수반하는 비극적 환희가 존재를 다른 위상으로 들어올린다. 추락과 레벨 업을 반복하는 이 역동의 과정을 '종교'라고 부를 수도 있지 않을까. 죽었다가 부활한 예수의 수난처럼, 사랑이라는 패션passion은 수난을 동반한 정념을 통해 과격한 존재 전환을 수행한다. 사랑이라는 수난, 사랑이라는 이름의 의식이 이루어지는 특별한 시간에 주체들은 타자를 기름 부어진 자로 온전히 인정하고 수락함으로써 저 자신 역시 기름 부어진 존재가 된다.

2.

발터 벤야민은 메시아를 역사의 특별한 계기 속에 드러나는 (찾아오는) 존재로 이해했다. 그러나 언제부턴가 '역사'라는 말의 무거움을 더이상 감당하지 못하는 나는, 문득 마주했던 일상의 순간들을 통해 메시아를 감지하려 했던 것 같다. 그것은 생명체가 자기를 늘 같은 존재로 유지하려는 보호 본능, 안전 본능을 좇아 살면서 잃어버리게 된, 망각하게 된 어떤 순간의 기억 같은 것일지도 모른다. 그것을 회복해야 한다고 당위적으로 말하기는 어렵지만, 그 감각이 일상인으로 사는 나를 상투적 본능을 훨씬 상회하는 다른 세계로 이끌어주고, 아주 잠시나마 다른 '있음'을 감지하게 했던 것도 사실이다. 나에게 메시아란 숭배의 대상이 아니라 있는 것이 있는 그대로 드러나는 감각의 순간이며, 뭇 생명체와는 다른 인간됨의 환희와 비극, 존재의 내밀성과 확장과 들어올림을 체험하는 시적인 순간이다. 그 순간은 의식을 왜곡하고 감각을 착란에 빠뜨리고 감정을 동요시키는 온갖 일상적 관성의 부조리한 힘을 뚫고 '너머'를 보여준다. 일상은 성속聖俗의 변증법으로 점철되어 있다. 교회당이나 절로 들어가지 않아도, 자연으로 귀환하지 않아도 삶의 모든 찰나에 우리가 개방되어 있다면, 훈련되어 있다면, 또 행운이든 불운이든 인생의 어떤 순간을 당신이 마주하게 된다면, 이 변증법을 감지하는 일이 불가능하지는 않다. 독자들과 이 변증법을 공유하고 싶다.

『순간의 철학』은 2013년부터 일간신문에 연재되어 추후 두 권의 책으로 출간된 '사물의 철학' 시리즈와 동시에 기획하고 쓰기 시작했던 글들이다. 최초 연재했던 플랫폼에서는 '시간의 철학'이라는 이름이었지만, '찰나'를 '영원'과 연결 짓는 시적 안목을 지닌 난다의 편집자 김민정 시인에 의해 9년 만에 의도에 닿는 제목을 갖게 되었다.

가시적 사물을 사유 대상으로 삼은 '사물의 철학'보다 추상적인 '시간'을 다룬 탓에 훨씬 난도가 높고 정서적 집중을 요구하는 글쓰기였다. 그래서 연재는 얼마간 진행하다가 이내 멈추게 되었다. 그러나 사물에 대한 글쓰기보다 더 애착이 가는 도전이어서 포기할 수가 없었다. 문학 텍스트들을 적극적으로 활용하였고, 구체적 아이디어를 떠올리는 측면이 강했던 '사물의 철학'에 비해서 문장 중심으로 논리적 통제 없이 정서적 흐름을 자유롭게 써나갔다. 나는 '사유자'이기도 하지만, 본질적으로는 '글쟁이'에 가까웠던 것이다. 게다가 '사물의 철학'에 반성적 사유와 사회적 실천 의지가 깃들어 있었던 데에 비해 상대적으로 '사회'를 괄호에 넣고 쓴 글이 많아서, 보다 개인의식이 내밀하다. 그래서일까. '희망'의 빛은 훨씬 더 희박하고 미약하다. 그러나 희망에 의지하지 않는다는 사실이 아름다움을 감각할 수 없다거나 열망하지 않는다는 말과 같은 의미는 아니다. 모리스 블랑쇼가 "시인은 희망을 말할 자격이 없는 자"라고 얘기했던 뜻과도 비슷하다. 오히려 우리는 희망에 의존하지 않으면서 아름다움에 거주할 수 있도록 허무주의를 훈련하고 실천해야 하는지 모른다. 오늘날 세계에서는 특히 그렇다.

원고를 쓰기 시작한 지 9년이 지나면서 필자 개인뿐 아니라 사회와 문명의 시간에도 연속성보다는 단절이 커졌다. 사회도

인류도 지구도 돌이킬 수 없는 사막을 향해 가고 있다. 그래서 이 책에는 복합적인 시간 감각이 불연속면 단층처럼 혼재해 있다. 하지만 그게 바로 '순간' '시간'의 본질이다. 영원한 것은 없다. 그러나 영원은 찰나에 깃들어 있기도 하다. 시인은 그것을 본다.

2021년 8월

함돈균

3부 서른 살은 '서러운 몸'을 사는 시간이다

■ 1부

왜 '첫비'는 없는데 '첫눈'은 있는가

연인들의 새벽
: 불면이라는 사랑의 형식

    연인들은 잠들지 못한다. 그들은 뒤척인다. 자면서도 깨어 있다. 영혼은 별이 깔린 밤의 어둠처럼 은밀하지만 반짝이면서 대기를 부유한다. 한 몸이 다른 몸에, 연인의 머릿결이 그의 어깨에 가까이 있는지 멀리 있는지 물리적 거리는 상관없다. 서로에게 열려 있으므로 그들의 몸은 미열로 들떠 있다. 영혼의 열기는 새벽 대기 중에 "날카로운 첫 키스의 추억"(한용운, 「님의 침묵」)처럼 예민하고 부드럽게 삼투된다.

    그들은 한 은하 안에 있다. 유일한 동류 존재라는 기분이 그들을 세상에 알려지지 않은 장소로 불러들인다. 불면不眠은 그들의 존재 형식이다. 서로 곁에 머물면서 존재의 기적을 항상 느끼기 때문이다. 연인들에게 불면은 그들이 자신의 일부인 또 다른 존재에 사로잡혀 있다는 뜻 외에 아무것도 아니다.

사로잡힌 이들에게는 특권이 있다. 다른 곳에 있어도 서로 만질 수 있다. 촉감은 고도로 예민해진다. 대기 중에도 촉수가 생긴다. 감각은 우주 전체에 세포처럼 퍼져 있고, 몸은 그 안에 용해되어 있다. 따뜻하고 부드럽기도, 격렬하고 차가우며 딱딱하기도 하다. 느낌은 살로도 물기로도 공기로도 전달된다. 하지만 서로를 향한 '만짐'은 휘발되지 않는다. 같은 은하 안에서 서로에게 열리고 날카롭게 파고들며 깊숙하게 스민다. 극도로 예민해진 그들은 잠들 수 없다. 새벽은 그래서 그들의 고유한, 유일한 시간이 된다. 새벽에 잠 못 드는 것이 아니라, 잠들지 못하기에 모든 시간이 새벽이다.

새벽의 편지는 사랑의 고유한 실천 양상 가운데 하나를 드러낸다. 사로잡혀 있으므로 그들은 쓸 수밖에 없고, 잠들 수 없으므로 편지는 새벽의 일이 된다. 타이핑을 하든 펜을 손에 쥐었든 간에 먹먹한 충동은 쓰고 있는 문장보다 먼저 이미 저멀리까지 달려가 있다. 이 편지는 글쓴이조차도 쓰인 문장을 본 후에나 확인할 수 있는 자기 생각이다. 그렇다면 이걸 '생각'이라고 부를 수 있을까. 머리로 생각하기 전에 손이 먼저 전달한 충동이며, 이는 자신이 감당할 수 없는 것이기도 하다. '마음'이라고 표현하는 것도 적절치 않다. 절박한 에너지는 어떤 질서의 형태로 내 안에 미물러 있지 않았으므로. 생각과 마음 이전에 말이 다급하게 질주하면서 써진 후에나 제 존재의 병적인 현재 상태를 확인할 수 있는 글쓰기, 그것이 연인들이 쓰는 새벽 편지다. 그들은 아침이 오면 드러날 그들만의 친밀성, 훤히 밝혀지는 세계에서 휘발될지도 모를 내밀한 공동체를 보존하기 위해 깊고 망막茫漠한 어둠 한가운데에 제 말들을 풀어놓는다. 그 말들이 도달할 수 있는 가장 낯설고 멀고 뜨거운 곳으로.

새벽의 편지는 스스로 통제할 수 있는 글쓰기가 아니다. 말들은 이끌리고 붙잡히며, 홀리면서 달려나아간다. 그 문장은 낮에 쓰인 계약서의 문장과는 다르다. 사랑의 새벽 편지는 효율성을 따지지 않으며 표현에 한계를 두지 않는다. 현실원칙과 교환가치와 학교문법을 염두에 두지 않는 새벽 편지는 '사회'라는 관념에 무지하다. 불면의 문장들은 고통스럽지만, 유희적이며, 몽환적이면서도 의지적이다. 일말의 타협도 허용하지 않는 완강한 근본주의자가 쓴 복면처럼 말들은 우회할 줄 모르며 직진성으로 충만하다. 편지로 옮겨지는 연인의 말들은 이 순간만이 유일하다는 듯이 그의 육체를 영원을 향해 남김없이 쏟아버린다. 연인들의 편지에는 과학자의 지성이나 기업가의 전략을 무색하게 하고 그것들을 무너뜨리는 영웅적 모험가의 에로티시즘이 깃들어 있다. 어둠 저편 존재를 향한 이 갈급하고 맹목적인 정념은 제 유한성을 남김없이 소모해버리는 간절한 절대주의를 통해 그들의 뜨거운 현재가 무한성의 광야로 이어져 있다는 증거다.

의사도 진단할 수 없는 미확인 바이러스에 감염되어 잠들지 못하는 이 새벽, 연인들의 시간이다.

한 때
: '기쁨'에의 몰입

앞뒤 시간이 없는 매혹의 절단면

'한때'는 봄의 시간이다. 마른 대궁이에도 물기가 생기고 죽은 가지에도 새순이 돋는 시간. 사위는 푸르러진다. 공기는 안온하고 빛은 싱그럽다. 자연에 속한 모든 것은 겨울을 겪는다. 그리고 봄이 되면 겨울을 잊는다. 이 망각은 정신의 나태함과는 무관하다. 그것은 감각의 충실성에 따른 결과다. 꽃이 막 피려는 순간을 떠올려보라. 놀라운 집중력으로 엽록소를 생성하며 순식간에 청록빛으로 물들어가는 몸, 안온한 공기에 도취된 물기 어린 육체는 그 감각 안에서 온전하다. 이 온전함 안에 이전과 이후라는 시간은 없다. 망각은 나약함이나 방만함 때문이 아니라 앞뒤가 가파르게 절단된 시간에서 온다. 현재에 몰입된 절단면에 과거 회상과 미래에 대한 계산은 없다. 절단은 시간을 순환시키지 않고 정지시킨다. 이 정지는 정체가 아니라 충만이며 매혹이다. 그러므로 바람의 움직임, 미세한 숨소리, 공기에 실려오는 먼 곳의 사람 기척과 살냄새를 감지할 수 있을 만큼 예민하여 모든 신경이 오직 이 한순간에만 모이게 되었다고 한들 무슨 큰 잘못이겠는가.

어린 시절 놀러갔던 창경원에서는 정오가 가까워지면 사람들의 발걸음이 바빠졌다. 정오에 맞춰 부채모양의 날개를 펼치는 공작새가 있었기 때문이다. 조금 일찍 그곳에 간 사람이라면 부채 날개를 펼치기 전 공작새의 행복하고 조금은 우스꽝스러운 표정을 볼 수 있었으리라. 무대에 오르기 직전 최종 리허설을 하는 배우처럼, 아름다운 공작새는 제 몸짓으로 곧 펼쳐낼 육체의 찰나적 향연에 한껏 도취되어 있었다. 거울을 보며 화장이라도 하듯 이리저리 제 모습을 살피고는 제 뒤태를 보란듯이 우쭐대며 이쪽 편 관람객들을 한번 돌아보기까지 했다.

사람만이 나르시시즘을 가지고 있는 것은 아니다. 모든 자연은 저마다 도취의 순간을 가지고 있으며, 이는 가장 행복한 자기 시간, '한때'에의 몰입이라는 점에서 나르시시즘적이다. 이 매혹은 타인을 의식하지 않는다. 객관적 시선이 사라진 이 자기 매혹의 시간에서는 마침내 저 자신도 잊는다. 공작새의 부채춤은 어느 순간 관객을 의식하지 않는 배우의 공연처럼 스스로를 위한 즐거운 연극이다. 이 연극에는 관객이 없고 주인공만이 존재한다.

아무것도 바라지 않는 행복의 연극무대

젊은 시절 알베르 카뮈는 바다가 있는 알제리의 작은 마을 티파사에서 찬란한 청춘의 문장들을 남겼다. 그가 "나의 왕국은 송두리째 다 이 세계뿐이다"라고 말할 때, 이 절대적으로 자족적인 청춘이야말로 그의 인생 내내 몸과 정신에 물기를 가져다준 '한때'였다. 그는 티파사의 한때를 자주 떠올렸다. 이 기억은 늘 생생한 현재로 계속되었다. 티파사는 현재 아닌 현재였으며, 여전히 지나가지 않은 과거이자 행복에 관한 원형적 이미지였다는 점에서 미래였다. 그는 말한다. 누구에게나 "태양의 입맞춤과 야성의 향기 외에는 모든 것이 헛된 것으로 여겨"지는 '한때'가 있다고(「티파사에서의 결혼」).

카뮈는 또다른 글에서 "구태여 신화를 필요로 하는 사람은 딱한 사람"(「제밀라의 바람」)이라고 덧붙인다. 인생에는 고상한 형이상학이나 신념이나 논리적 근거를 필요로 하지 않는, 기쁨에의 전적인 몰입 순간이 있다는 것이다. 어떤 실용적 계산도 이 순간에는 무용지물이다. 그는 이 '한때'를 정복하기 위해 자신의 힘과 모든 능력을 바쳐야 하며, 아무런 가면도 쓸 필요가 없다고 말한다. 배우이자 극작가이기도 했던 카뮈는 인생을 연극이 상연되는 무대로 여겼다. 그는 배우가 역할을 잘 끝낸 후 느끼는 만족감에 이 시기를 비유했다. 한 사람이 완전한 기쁨에 몰입하는 일 자체가 인간의 의무가 될 수 있으며, 이것이야말로 인간이 지상에 와서 이루어내야 할 인간 조건의 감동적인 완성이라고 여겼다. 한 사람이 자신의 행복을 위해 '바로 거리낌없이 사랑할 권리'는 생의 자연스러운 충동으로서 그 어떤 인간의 의무보다도 존재론적으로 앞서 있는 것이었다.

언뜻 보면 한 허무주의자의 무책임한 생각처럼 보이지만, 부조리의 작가였던 카뮈에게 '기쁨'에의 몰입은 그 어떤 것으로도 대체할 수 없는 유일한 생의 계기를 뜻한다. 매혹과 몰입은 생에 찾아온 시간을 정직하게 대면하고 그 순간의 기쁨을 수용하기 위해 분투하는 성실성을 뜻한다. 그는 이 시간에서의 인간 상태를 진정한 의미의 '고독'이라고 이해했다. 세상의 모든 처세술을 의식하지 않고, 아무런 가면도 쓰지 않은 채 저 자신의 소리와 자연적 충동을 따르기 때문이다. 저 자신의 중심, 내면의 소리를 따르는 이 참된 고독의 시간에, 인간은 사회의 억압도 타협도 순응도 거부하며 온전한 자기에 몰입하는 정열과 용기와 기쁨에 동참한다.

하지만 안타깝게도 시인 쉼보르스카에 따르면 "닥치는 대로 세상을 살아갈 수 있었"던 '한때'는 과거의 시간이 되고, 개인에게서 멀어진 그 행복의 시간은 공동체의 시간에서도 승리의 팡파르를 울리지 못하는 패배주의적 역사로 귀결되고 만다(비스와바 쉼보르스카, 「***한때 우리는 닥치는 대로 세상을 살아갈 수 있었다」). 그는 '한때'가 더이상 현재-현실이 아니라 회상으로나 기억되는 시간이 되어버린 까닭이 닥치는 대로 세상을 살아갈 수 있었던 무모한 용기와 젊음의 활력을 현재의 우리, 현재의 이 시대가 잃어버렸기 때문이라고 말한다. "기도문에 나오는 해묵은 진실의 메아리처럼 평범"하고 간단했던 그 시절은 우리에게 내재한 욕망의 충실성, 기쁨을 쟁취하기 위한 의지의 결과였다. 카뮈의 '거리낌없이 사랑할 권리'처럼 이 의지는 사회의 '가면과 처세술'을 거부한다. 그러므로 '한때'는 우리에게 정신분석의 최종 윤리를 질문하고 있는 것은 아닌가.

네가 진정으로 원하는 것은 무엇인가? 너는 네가 정말 원하는 것을 따르라.

첫눈 내리는 날
: 최초의 약속을 기억하는가

최초의 약속

"첫눈 내릴 때 거기에서 만나!"

'첫눈'은 있어도 '첫비'라는 말은 없다. 올해도 연인들은 겨울 문턱 즈음, 첫눈을 기다리며 그날 만날 장소를 약속해놓을 것 이다. 처음 우연히 마주쳤던 길거리, 연애를 시작할 때 만났던 카페, 싸우고 난 뒤 화해할 때 거닐었던 동네의 오래된 계단 앞, 도심 한가운데 큰 서점 앞일 수도 있다. 어떤 연인들은 함 께 보았던 아름다운 숲이나 풍경 소리가 설경과 하나되는 산

사의 일주문 앞에서 만나기로 약속할지도 모른다. 휴대전화가 없던 시절에 이런 약속은 더 낭만적인 에피소드를 만들어내기도 했다. 실시간 통신으로 연결되지 못했던 연인들이 그해 미리 정해놓은 사랑의 약속만을 맹목적으로 기억하고 있다가, 첫눈이 내리는 그 순간 각자 하던 일을 즉시 멈추고 약속된 그들만의 숲으로 떠나기도 했던 것이다. 왜 사람들은 비가 아니라 눈을 기다리는가. 왜 '첫비'는 없는데 '첫눈'은 있는가.

첫눈은 '최초의 약속'이다. 최초의 약속은 순수하다. 최초의 약속을 상기하는 일은 일상이라는 이름의 관성을 중단시킨다. 첫눈은 최초의 다정한 기억을 우리에게 불러들인다. 그 다정한 기억은 사소한 것, 예민한 것으로 이뤄진 이미지들이다. 그들만의 크리스마스 파티, 작은 손을 호호 불며 까먹던 군고구마, 사랑스러운 입술에서 나오는 하얀 입김, 선물로 건네던 빨간 털장갑, 놀이터로 소리를 지르며 뛰어나오는 아이와 강아지, 빈 도화지 같은 길 위에 함께 찍힌 오른발과 왼발, 평소에는 몰랐던 그의 신발 바닥 무늬. 사소한 것들을 감지함으로써 우리는 다시 깨어난다.

하지만 첫눈 오는 날 만나자는 약속을 했다 하더라도, 각자

다른 장소에 있던 연인들이 같은 시각 내리는 첫눈을 보는 일은 쉽지 않다. 첫눈은 우리도 모르는 사이 내리는 경우가 많다. 아침 뉴스를 보고서야 간밤 잠든 사이에 흰 눈이 내렸다는 사실을 뒤늦게 안다. 첫눈은 대개 흩날린다. 몇 분 사이에 사라질 만큼 순간적으로 명멸하며, 땅에 쌓이지 않는다. 지난 새벽 잠들지 않았던 누군가가 첫눈을 보았다면 그것은 행운이다. '처음'을 보았다는 사실 때문이 아니라 바로 사라지는 환영 같은 순간을 보았기 때문이다. 공중에 흩날리다가 땅에 내려오자마자 녹아버리는 이 처음 시간은 세상에서 우리가 만나는 모든 시간 중 가장 연한 시간일지도 모른다. 허공에서 보았지만 지금은 사라진 이 순간은 물질로 소유할 수 없는 비밀, 찰나에만 탄생하는 순진한 비밀 같다. 첫눈의 설렘에는 그래서 덧없음의 실루엣이 어른거리기도 한다.

잠깐 사이에 사라지죠

눈의 찰나적 이미지는 설렘과 동시에 망각의 안타까움을 동반한다. 그런 점에서 모든 눈은 '눈을 뜨면 사라지는' 첫눈이다. 눈은 공중에 날려 땅으로 떨어진다는 점에서 공간적 경험을 선사하지만, 순간적으로 출현했다가 다시는 존재하지 않는 덧없음을 환기한다는 점에서는 시간적이다. 그해의 첫눈은 두 번 반복되지 않는 무엇, 다름아닌 '시간'이라는 존재 체험을 우리도 모르게 선사하는 것이다.

서태지의 곡 〈소격동〉에서 '나'는 눈 내리는 어느 밤을 한숨도 자지 못한 채 지새운다. 이 뜬눈의 밤에는 시간 체험의 복합성이 스며 있다. 절대적으로 아름다운 것은 그것이 유일하(게 인식되)기 때문이다. 존재의 유일성은 그것이 사라진다는 걸 체험하면서 사후적으로 깨닫는 경우가 많다. 사라지기 때문에 반복할 수 없는 것이며, 반복되지 않는다는 사실을 인식할 때, 우리는 지금 막 사라진 그것이 우주의 유일한 순간이었으며 유일한 존재였음을 뒤늦게 알게 된다. 첫눈에 유난히 연인들이 애틋함을 가지는 것은 왜인가. 그들의 무의식이 자신들의 사랑에서 첫눈의 속성을 예감하는 것은 아닐까. '최초의 약속'에 설레다가도 그 약속이 영원히 지속될 수 있을지 하는 불안을 부지불식간 느끼는 것은 아닌가. 모든 설렘에는 불안이 내재해 있다. 서태지의 〈소격동〉에서 '너의 모든 걸 눈에 담고 있었다'는, '잠들면 안 된다'는 다짐에는 이런 인식의 아이러니가 깃들어 있다.

간절한 것일수록 지속되기 어려운 눈의 이미지처럼 아토포스(atopos, 현실에 존재하지 않는 공간)적이다. 그것은 아른거리며 잡힐 듯 잡히지 않는 실루엣을 하고 있다. 이 아슬한 이미지는 존재의 가능성과 불가능성을 한 사물에 교직하면서 찰나적인 것에 내재한 망각의 문제를 제기한다. 존재가 진정으로 사라지게 되는 것은 물리적 상황이 아니라 기억으로부터 망실될 때다. 잊힐 때 존재는 더이상 회복되지 않는다. 존재의 자리는 지상에서 사라진다. 찬란했던 공간은 이제 어디에도 없다. 지금 없을 뿐만 아니라 미래에도 부재한다. 망각이 지닌 진정한 문제는 과거를 기억하지 못한다는 사실이 아니라 미래의 존재 가능성을 부정한다는 데 있다. 철학자 에드문트 후설에 따르면 의식은 현재 속에서 과거와 미래를 통합하는 '시간 의식'으로 유지된다. 과거의 기억을 잃어버릴 때, 과거를 현재로 불러들이지 못할 때, 현재조차 제대로 된 의식을 갖추지 못한다.

그러므로 망각은 설렘을 공포로 바꾸기도 한다. 예컨대 사랑의 첫 약속만으로도 황량한 세상을 천국처럼 살 수 있었던 씩씩한 연인들에게 이 약속의 망각은 그들의 현실을 지옥으로 바꿔놓는다. 잠깐 사이에 사라지는 약속의 망각이 어찌 두렵지 않으랴. '어느 날 세상이 뒤집힌' 이 가사 속 체험을, 새벽 첫눈을 함께 바라보던 연인들이 느끼는 망각에 대한 공포로 읽는다고 한들 별 무리가 없으리라. 이는 역설적으로 존재의 끈질김을 생각하게 한다. 망각이 존재했던 것을 부재하게 한다면, 기억은 부재했던 것을 존재하게도 한다는 말이다. 공간을 점유하는 모든 물리적 실체는 무한한 시간성에서 보면 눈처럼 찰나적이다. 무한의 관점에서 모든 존재는 '잠깐 사이' 사라지고 만다. 그렇다면 감히 그것을 '실체'라고 부를 수 있겠는가. 그럼에도 불구하고 유한한 것들이 계속 살아 있을 수 있다는 데 존재의 신비가 있다. '잠들지 않는 시간' 속, '두 눈에 담고 있는 시간' 속에서 유한한 존재가 지속되는 기적이 일어난다.

눈은 살아 있다

시인 김수영은 이를 다른 방식으로 얘기했다. 그는 자신의 시에 "눈은 새벽이 지나도록 살아 있다"(「눈」)는 유명한 문장을 남겼다. 새벽이 지나도록 눈이 녹지 않았다는 말이 아니다. 새벽에 흩날리던 이 눈 역시 볕이 쬐면 녹아버릴 찰나적 운명을 벗어나지 못한다. 그것은 모든 존재의 운명이다. '눈이 살아 있다'는 사실은 시각적(공간적) 경험이 아니라 시간 경험 속에서 이해되어야 한다. 존재의 가장 순결한 시간을 기억하는 동안에만 눈은 시인의 마음에서 녹지 않고 '살아 있다'. 그 기억이 새벽을 관통하여 시인의 영혼을 죽지 않게 만든다. 눈이 내리던 새벽은 첫눈의 이미지를 제공하는 원형적 시간이다. 첫눈의 시간, 설렘의 시간. 최초의 약속을 망각하지 않을 때, 눈도 살아 있고 눈을 보는 시인도 살아 있다. 사물과 인간의 시간이 연결되는 공동 시간의 신비가 우주에서 열린다. 모든 존재에게 삶과 죽음은 생물학적 층위를 넘어서는 기억의 시간성 문제를 개입시킨다. 서태지가 소격동에 내린 한밤의 눈을 기억했듯이, 눈을 마주한 '젊은 시인의 기침'은 새벽의 순결한 기억을 지속시킨다. 이 지속은 부재를 넘어선 존재, 죽음을 이기는 생명의 순간을 환기한다. 김수영은 이 순간을 '시의 시간'이라고 보았다.

그러나 비타협적 리얼리스트인 김수영은 이 기억의 문제를 낭만화하지 않는다. 그는 왜 하필 "눈 위에 대고 기침을 하자"는 식의 탈낭만적 이미지로 (첫)눈의 시간을 만나려 하는가. 자식을 잡아먹는 시간의 신 크로노스처럼, 시간의 죽음인 망각은 엔트로피를 따르는 물질계의 순리다. 하지만 이 사실이 물리계에 아직 존재 근거를 두고 있는 우리에게 정반대 윤리를 제시하는 것은 아닌가. 망각은 존재를 미래에조차 부재하게 하지만, 기억은 사라진 존재의 과거조차 되살려낸다는 사실의 환기 말이다. 그것은 기억이 부활 메커니즘의 핵이라는 뜻이다. 유한한 우리가 유한한 존재를 부활하게 하는 기적에 참여할 수 있다. 기억은 능동적으로 의지해야만 지속되는 '시간적 운동'이다. 서태지가 '잊지 않기 위해 애를 쓴다'고 할 때 그도 이 어려움을 알고 있었으리라. 마찬가지로 김수영의 시에서 '기침'은 이 기억의 지속에도 주체의 투쟁이 필요하며, 이 투쟁 역시 생생한 살아 있음이 감당해야 하는 고통스러운 노력임을 강조하고 있는 것은 아닌가.

사랑의 약속도, 인간의 역사도, 존재의 부활도 "눈 덮인 무덤들 속에서 마침내 그의 것을 찾아"(한강, 『소년이 온다』)내어 그 존재를 망각하지 않는 의지적 행위이다. 아직 공간성을 확보하지 못했거나 이제는 공간성을 상실한 존재가 죽음을 이기는 시간의 기적이 가능해진다. 이럴 때에야 얄팍한 현재는 과거의 지층과 닿고 다른 차원으로 열린 무한의 두께를 확보한다.

해가 바뀌는 날
: 12월 31일과 1월 1일 사이

'마지막날'은 가장 길고 가장 짧다

책상 위 탁상달력이 한 장만 남았다. 넘어간 지난달 달력을 들춰본다. 빼곡히 적힌 메모들을 살핀다. 사건의 가짓수만큼 깨알 같은 메모들이다. 시간이 접었던 병풍을 펼치듯 늘어난다. 납작했던 기억의 집은 일순간 수많은 방으로 나뉘고 입체화된다. 달력의 메모는 사건의 방들을 기억하며, 그 기억은 시간이 기계적이거나 정량적인 것이 아니라 무한히 줄어들거나 늘어날 수 있는 신기한 상대적 공간이라는 사실을 확인시킨다. 12월의 달력을 보라. 그리고 넘어간 이전 달력을 들춰보라. 동일한 숫자들이 찍혀 있으나 그에 새겨진 사건의 개수와 체험의 깊이에 따라 당신이 산 '올해'라는 시간은 구부러졌다 펴졌다 하지 않는가.

12월의 달력을 보며 우리는 이상한 경험을 한다. 그 메모들을 보며 '올해 바쁘게 살았구나' 하면서도 정작 쌓인 것, 이룬 것은 별로 없다는 생각이 드니 말이다. 여러 사건의 기억은 있으나 시간이 축적되기보다는 덧없이 흘러가버리는 듯한 허무한 기분에 사로잡힌다. 사건-기억은 덧셈이지만, 시간은 저장되지 않고 어딘가로 빠져나가는 뺄셈이다.

'12월 31일'은 '한 해'라는 기억의 저장소를 열어젖히며 사건들을 펼쳐보는 파노라마적인 날이다. '마지막날'의 파노라마는 드라마틱하다. 365일의 갖가지 사건-기억이 투사되는 영사기가 그날 하루 쉴새없이 돌아간다. 이는 개인에게만 한정되지 않는다. 신문과 방송과 인터넷 포털에서 종일 올해의 사건-기억 영사기가 돌아간다. 12월 31일의 24시간은 365일을 품고 있다. 365일 전부의 세계를 펼쳐낸다. '12월 31일'은 수많은 날 중 하루가 아니다. 보르헤스 소설에 나오는 우주를 담고 있는 구슬 '알레프'를 닮았다.

'12월 31일'의 특성은 '마지막날'이라는 성격에서 나온다. 그것은 살아 있는 개인이 아직은 겪지 않은 임종의 유사 체험이다. 죽음의 문턱에서 기사회생한 이들의 공통적인 증언에 따르면, 죽음을 마주하고 있는 당사자에게 임종의 찰나는 개인의 모든 인생사를 압축해 경험된다고 한다. 아주 짧은 몇 초가 인생의 수천수만 가지 기억을 품고 있다. 그런 증언들이 허튼소리가 아님을 우리는 12월 31일의 시간 경험을 통해 간접적으로 유추해볼 수 있다. 이는 '마지막날', 즉 죽음이 있음으로 인해 가능한 일이다. 생이 더이상 지속될 수 없다는 인식, 내일도 없고 그다음 시간도 없다는 인식이 우리에게 놀라운 기억의 확장성을 부여한다. '더이상은 존재하지 않는 시간', 죽음이라는 아직 '없는 시간'이 내게 발생했던 세상의 '있던 시간'을 모으고 확장시킨다. 12월 31일은 실수를 가능하게 하는 허수, 자연수를 가능하게 하는 '0'과 같은 패러독스의 시간이다. '죽음의 하루'가 나머지 364일을 담아내고 펼쳐낸다.

그래서 이 하루, 우리는 두 가지 역설에 직면하게 된다. 12월 31일은 모든 하루 중 가장 길고 깊다는 것. 하지만 다시 그 모든 것을 무화시키는 소멸의 시간 앞에서 덧없음을 체험하게 하는 이 하루는 1년 중 심리적으로 가장 짧은 날이라는 사실 말이다.

다시 시작되는 마술

　그러나 생의 임종 시간과는 달리 12월 31일에 직면한 우리에게는 마법 같은 일이 남아 있다. 달력을 통해 새로운 시간이 생겨난다. 끝에 임박한 모래시계처럼 조마조마하게 얼마 안 남았던 시간이 새 달력으로 마법처럼 재생된다. 달력의 '1월 1일'은 1년을 저장하는 동시에 무화시켰던 12월 31일을 완전히 다른 시간으로 바꿔놓는다. 화수분에서 솟아나듯 시간은 처음부터 다시 시작된다. 물론 이런 시간 마법은 1월 1일에만 생기지는 않는다. 시계침은 24시간을 돌아 정확히 다시 새로운 시간을 재생하지 않는가.

　낮밤이 바뀌면 다시 하루가 생겨나고, 하루가 일곱 번 모이면 다시 한 주일이 생겨나고, 하루가 삼십 일 모이면 새로운 달이 시작된다. 1월 1일은 모든 시간 재생의 끝판왕이다. 덕분에 인간은 다시 시작할 수 있다는 의지를 갖게 된다. 인간은 지구의 모든 유기물과 무기물을 통틀어서 시간을 다시 시작할 수 있는 유일한 존재다. 1월 1일이라는 달력의 기점을 가졌기 때문이다.

과거는 지나갔지만 시간은 달력 속에서 다시 돌아온다. 달력은 시간의 영원회귀를 가능하게 하는 마술 책이다. 1월 1일은 시간의 영원회귀를 우리에게 확인시키는 하루다. 모든 질서는 무질서로 돌아가며, 생명은 비생명으로 사라진다는 엔트로피를 극복하는 마술이 일어난다. 달력의 1월 1일은 12월 31일과 마찬가지로, 그러나 반대 방향으로 시간의 압축성을 공유한다. 모든 달력의 1월 1일은 아직 당도하지 않은 365일을 예비하니 말이다. 과거를 압축하는 게 아니라 미래의 기대와 설렘을 압축한다. 우리에게는 실망과 불안과 허무에서 벗어나 다시 한번 삶을 기획할 기회가 생긴다.

이러한 시간의 재출발은 '세계'의 시작과 깊은 관련이 있다. 종교학자 엘리아데에 따르면 아메리카 원주민들은 '한 해year'라는 말과 '세계world'라는 말을 같은 뜻으로 사용했다고 한다. 한 해가 시작된다는 말은 한 세계가 시작된다는 말이며, 1월 1일의 반복은 세계가 주기적으로 재생될 수 있다는 믿음에 근거해 있다.

어떻게 이런 일이 가능한가. 그것은 신이 세상을 창조했던 순간을 1월 1일이 재현하기 때문이다. 1월 1일은 주기적으로 돌아오는 자연 운행의 한 기점에서 세상을 정화함으로써, 신들이 만들었던 태초의 우주를 회복하려는 인간의 의지와 서원이 발현되는 시간이다. 오염된 시간은 오염된 세계를 의미하며 오염된 세계는 지속되지 못한다. 인간들은 두려운 마음으로 하늘의 신, 대지의 신, 만물의 정령과 교섭하면서 그들이 더럽힌 세계를 깨끗하게 하고 순결한 시간을 회복해야 한다고 간절히 희구한다. 인류에게는 어떤 방식으로든 1월 1일에 해당하는 재생의 날이 있다. 이것은 일상적 패턴의 회귀가 아니라 신의 시간과 닿으려는 가장 깨끗한 시간 의지와 관련된다.

같은 것의 영원한 회귀

반복과 재생의 시간에 관해 더 급진적인 얘기를 떠올릴 수도 있다. 니체의 '같은 것의 영원한 회귀'라는 수수께끼 사유가 그런 예이다. 니체는 모든 것은 다시 돌아오며 정확히 같은 모습으로 반복된다는 기이한 화두를 제시했다. 세계 지성사에서 무척 난해한 수수께끼 중 하나인 이 사유는 시간의 존재론이다.

이에 관한 가장 창의적인 해석으로는 이런 것이 있다. 시간과 '반복'의 문제를 생각해보면 완전히 같은 순간은 없다. 하나하나의 순간은 모두 다르지 않은가. 니체가 그러한 상식을 몰랐을 리 없지 않은가. 그러므로 니체의 영원회귀는 내용이 아니라 형식의 차원에서 오히려 거꾸로 이해해야 한다는 주장이다. 어떻게? 시간이라는 장에서 만상은 매 순간 유일무이하다. 따라서 반복되는 것은 유일무이한 사건이 계속된다는 그 사실 자체가 아닌가(같은 일은 없다는 사실만이 반복된다). 만상은 무상하다는 그 사실이 영원히 반복된다. 여기에서 니체의 '같은 것의 영원회귀'(반복)는 매 순간 시간이 새로운 사건을 만든다는 창조에 관한 아포리즘으로 이해될 수 있다.

예컨대 새 달력에서 보이는 숫자들이 지시하는 요일은 가보지 못한 우주의 낯선 행성들과 다르지 않으리라. 오늘 하루는 어제 하루와, 이번 주말은 지난 주말과 같을 수 없지 않은가. 2021년 12월 31일은 2020년 12월 31일과 같은 날일까. 우주의 무엇도 전적인 동일성을 허락하지 않는다. 시간 자체가 생성의 개념이다. 매년 봄에 만개하는 개나리도, 한여름에 세차게 내리꽂히는 장맛비도, 달력의 패턴을 따라 반복하는 듯 보이는 인간의 일상사도 동일한 방식으로 반복될 수 없지 않은가.

그렇게 우리는 "어린것들 잇몸에 돋아나는/고운 이빨을 보듯"(김종길, 「설날 아침에」) 2022년 1월 1일도 '새해'로 맞이하게 될 것이다.

신학기

: 사건적인 봄

이토록 갑작스러운 '사회' 아닌 타자들

달력의 시작은 1월 1일부터지만, 한국의 학생들에게 한 해의 시작은 3월부터다. '신학기'라는 특별한 시간 때문이다. 이때야말로 학생들은 발본색원하여 재출발할 수 있기 때문이다.

새해가 1월 1일에 다시 시작된다고 하지만, 기대와는 달리 자기가 속한 일상의 물리적 상황이 달력 바뀌듯 달라지는 일은 드물다. 이직처럼 예외적인 경우가 아니라면 직장인들은 새해가 돼도 만나던 사람을 그대로 만나고 하던 일을 지속한다.

나누던 얘기를 또 나누고 읽었던 종류의 책을 읽으며 비슷한 취미를 고수한다. 이 모든 것들이 그 사람의 고유한 사고와 취향을 동일하게 유지시킨다. 경험의 내용이나 생활 패턴도 크게 바뀌지 않는다. 사실 이것이 그의 현재 정체성이다. '정체성'이 '아이덴티티identity', 즉 '같음(동일성)'이라는 뜻을 담고 있는 것도 이 때문이다. 자기의 '같음'을 유지하는 일이 바로 정체성이다.

그러나 신학기를 생각해보라. 이때는 참으로 놀라운 단절과 변화가 일어난다. 초등학생이건 중고등학생이건 대학생이건 간에 학생의 신학기는 새로운 사람을 만나는 시간이다. 곁에는 갑자기 새로운 친구들이 무더기로 생겨난다. 이들은 내 곁에 머물 사람들이며, 어쩌면 이중에 아주 긴 시간 함께할 인생의 동료가 있을지도 모른다. 기분과 취향과 신념을 나누고 교감하는 우정의 공동체 구성원이 있을 수도 있다. 때로 우정의 공동체는 연인들의 공동체가 되기도 한다. 이 공동체는 기능적 요소를 지니기도 하지만, 매우 정서적이며 때로는 맹목적일 수도 있다. 신념을 담보하기도 하고, 나눌 수 없는 것을 나누기도 한다.

이 한 무더기의 새로운 친구들은 신학기에 갑작스럽게 나타나지만, 지하철에 동승한 무심한 행인들과는 다르다. 지금까지 타자였으나 이제부터는 당신의 정체성에 영향을 줄 '비타자'가 된다. 그리고 그들에게는 당신 역시 자기와 타자 사이를 유동하며 출렁이는 존재가 된다. 한 사람의 과거와 아무 상관없던 그들은 신학기 이후 서로의 미래 시간에 결정적으로 영향을 주고받는 특이한 비타자가 된다. 한 학생에게 그들은 잠재적 미래 시간을 굴절시킬 수도 있는 사건적인 존재다. 신학기에 만난 어떤 이들은 '사회'가 아닌 다른 형태의 에너지로 묶인 특별한 공동체 구성원으로서 친구나 연인이 되기도 한다.

깊고 넓고 먼 곳을 개방하는

신학기에 또하나의 중요한 잠재적 계기로 스승이라는 절대적 타자가 있다. 학생이란 폭발적 감성과 지성을 잠재적 형태로 보유한 존재다. 잠재성의 확장이라는 점에서 그의 현존은 이미 미래로 달리며 미래에 살고 있는 특별한 현상이다. 그래서 그 시기 실존은 40대나 50대와는 전혀 다른 양상을 띤다.

이 시기에 누구와 만나 어떤 대화를 하는가가 그의 삶을 결정짓는다. 운이 좋은 경우, 스승과 학생이라는 타자 간 만남은 존재론적 사건이 될 수도 있다. 이 사건은 때로 두 사람의 관계를 초월하여 세상에 예상할 수 없이 넓고 강력한 효과를 만들어내기도 한다. 시인이 되려 했던 플라톤은 시장통에서 젊은이들과 논쟁하던 늙은 소크라테스를 만나 철학자가 됐다. 플라톤이 되는 일이 쉽지는 않지만 인류의 전환을 가져올 특별한 스승과의 만남이 우리에게도 일어나지 말란 법이 없는 게 신학기다. 우리 시대 탁월한 시인들 중에는 중고등학교 수업시간에 만난 국어 선생님 때문에 시인이 되었다고 고백하는 이들이 적지 않다. 현재 시인의 시간은 이미 과거의 만남에 의해 잠재적인 형태로 예비되었다고 할 수 있다. 미래는 자신도 알지 못하는 방식으로 앞당겨진다. 과학도가 되고 싶은 한 중학생의 신학기는 어떤 스승을 만나는가에 따라 범인류적 영향력을 지닌 시간이 될 수도 있다.

대학의 신학기에 새 스승과의 만남은 학생의 능동적인 선택으로 가능해진다. 내가 원하는 수업과 교수를 선택할 수 있으니까. 이 능동적 선택으로 학생으로서 '나'는 한 인간의 학문적 핵심을 만난다. 그러나 강의실 칠판 앞에 선 교수는 학문을 담지한 존재이므로 단순한 개인이 아니다. 한 교수의 수업은 인류가 특정 분야에서 혼신의 전투를 감행하여 지금까지 이룬 앎의 거의 전체일 수도 있다. '나'는 새로운 강의로 지금까지 정체성을 이룬 지성과 감성의 대전환을 경험할 수 있으며 정체성의 큰 확장을 이룬다. 자기 아닌 존재와의 조우로 발생하는 경험의 확장이라는 점에서 이 스승과의 만남은 우선 타자와의 만남이라고 할 수 있다. 하지만 이 타자는 전적인 타자가 아니다. '나'에게 개입하고 영향을 주고 운동하고 반성하게 한다는 점에서, 그는 '나'와 '타자' 사이에서 유동하는 또다른 타자다. 이 유동성, 이 운동성이 클수록 '나'라는 정체성을 해체하고 확장하고 전환시키는 타자의 영향력은 더욱 커진다. 새로 쓰는 노트 필기는 타자가 겪었던 경험의 시간을 내 시간으로 옮겨오는 일이며, 그가 소개하고 강의한 책의 목록은 생각지도 못했던 미지의 세계로 나를 인도하고 여행하게 한다. 나아가 한 선생님과의 만남을 통해 그가 영향받았던 또다른 스승을 만난다. 이때 스승은 사람이 아니라 책일 수도 있다. 그 스승의 스승은 다시 스승의 스승의 스승으로 이어질 뿐만 아니라 우리가 속한 인류라는 존재가 공통으로 추구하는 높은 이상과 깊은 지혜의 지점에 맞닿는다. 그러므로 내가 만난 타자는 생각보다 깊고 멀고 큰 존재의 바다와 닿아 있다. 그리하여 신학기의 나는 개별적인 '나'에서 보편적인 '우리'로 연결된다.

사건적인

신학기는 매우 사건적인 시간이다. 이렇게 한꺼번에 많은 타자와 갑자기 새로 만나게 되는 일은 흔치 않다. 이토록 내 삶에 물리적으로 정신적으로 지속적인 영향을 줄 수 있는 타자들이 한꺼번에 출현하는 일은 극히 드물다. 특별히 주목해야할 것은 내 안에 깃드는 타자들의 출현이다. 그들은 '친구'로 '연인'으로 '스승'으로 갑자기 나타나서 '나'라는 좁은 울타리 안으로 기습하고 침투하여 질문하고 반성하게 하고 운동시키며 어딘가로 함께 가자고 말한다. 이중에는 나눌 수 없는 것을 나누고, 줄 수 없는 것을 주고받으며, 알아들을 수 없는 것을 알아듣는 타자와의 만남도 있다. '사회'가 아닌 '공동체'라는 비상한 만남이 가능해지는 시간, 그것이 바로 '학생'이라는 정체성이 맞이하는 신학기다.

타자는 내 안으로 들어오고 나도 그들 안으로 들어가서 공감과 우정과 연인들의 공동체를 건설한다. 학생이라는 인생 가장 유연한 정체성의 순간에 친구가 된 이들은 서로의 깊숙한 지점에 닿으며, 동지와 연인과 스승과 제자의 관계를 맺고 은밀하고 위태로운 세계를 함께 모험하는 자들이 되기도 한다. 어떤 교사, 어떤 수업과의 만남으로, 고립된 개인을 넘어서 인류적 고민을 함께 나누고 범지구적 이상에 공동 참여하는 길이 열리기도 한다. 폐쇄적이었던 개인은 공동의 지평으로 개방되며, 얄팍한 일상의 시간은 정신의 지층과 닿아 깊어지고, 현재는 미래의 우주로 확장될 수 있다.

신학기는 서로의 과거를 모르는 이들이 만나서 잠재적으로 서로의 미래에 영향을 주며 미지의 시간을 공유하는 기적이 예비되는 때다. 인생의 유연한 시간에 강력하고 싱그러우며 달콤한 타자를 맞이하는 봄. 신학기는 그러므로 3월에 시작되는 게 맞다.

차 를 마 시 는 시 간, 커 피 타 임 이 아 닌
: 유장한 리듬의 대화

땅끝에서 만난 추사와 초의

편지를 보냈건만 답장이 없구려. 산 중에 바쁜 일도 없을 진대, 나 같은 속세 사람과 어울리지 않을 생각으로 외면하는 것인가…… 이번에 다시 한번 차를 재촉하니, 편지는 함께 보낼 필요 없고, 오직 두 해 동안 쌓인 빚을 한꺼번에 보내주시게나. 또다시 지체하거나 어긋남이 없이 해야 할 것이네.

이보시오, 일지암의 대머리. 부처님을 모시는 몸이 이토록 신통력이 없단 말인가. 꼭 말을 해야 알아듣는가. 초의차

가 떨어져 마시질 못하니 혀에 바늘이 돋고 정신이 멍해
지고 있소. 초의차를 보내지 않으면 당장 일지암으로 말
을 몰고 달려가 차밭을 모두 밟아버리겠소.

— 추사 김정희가 일지암의 초의선사에게 보낸 편지에서

땅끝 유배지 해남을 조선 후기 지성사의 거점으로 만들었
던 두 사람 간에 오간 편지다. 추사 김정희와 대흥사 일지암의
초의선사가 주인공이다. 예나 지금이나 나라가 어지러울 때, 한
사회가 스스로 문제를 해결할 수 있는 혁신의 힘과 자정능력
을 잃을 때 나타나는 공통 현상이 있다. 깨끗하고 경륜을 갖춘
지식인들이 불행해지는 현상. 당쟁에 시달리다 결국 제주도로
유배 가게 된 19세기 지식인 추사도 그랬다. 그러나 제주로 유
배 가는 길 한반도 땅끝에는 대흥사 일지암이 있었다. 거기에
서 평생 친구인 초의와 인연을 맺는다. 초의 역시 당쟁 와중에
이웃 동네 강진에 유배되었던 다산 정약용의 애제자였다.

추사와 초의가 일지암에 앉아 우정을 나누는 모습을 상상
해보자. 한 사람은 뛰어난 학식, 국가 경륜, 예술적 재능을 가
졌지만 겨우 목숨을 부지한 불우한 선비. 또 한 사람 역시
탁월한 직관과 학식과 예술혼을 지녔으나 조선조 내내 문화의

중심에서 배척되고 소외되었던 변방 종교인이다. 아마 두 사람은 밤이 새도록 기울어가는 나라와 백성을 걱정하고 그러다가 시를 짓고 그림을 그리고 우주의 이법과 세계의 섭리에 대한 직관을 나누었을 것이다. 초저녁에 시작한 대화는 새벽닭이 울도록 계속되고, 깊은 생각은 인간 삶뿐만 아니라 자연을 포괄했으리라.

대화자 사이에 무언가가 '끼어' 있다면 대화는 부드러워지고 주제는 풍부해지며 시간도 한층 길어질 수 있다. 예나 지금이나 술은 대화를 중계하는 좋은 매개물이다. 술의 가장 큰 장점이자 단점은 명징한 의식을 누그러뜨리고 너와 나의 경계를 무화시키면서 대화자 두 사람을 '섞어버린다'는 것이다. 사람과 사람을 쉽게 친해지게 하는 동시에, 사람을 취하게 해 열정의 강도는 크나 사고의 명징성과 깊이가 약해질 수 있다. 그러나 사찰인 일지암에서 둘 사이 대화가 술로 맺어질 수 없었음은 당연하다. 무엇이 그들의 대화를 매개했을까. 바로 차다.

반복되는 찻잔과 지속되는 대화

차를 마시는 시간은 여러모로 특별하다. 그것은 술을 마시는 시간과는 다르다. 좋은 찻잎을 따서 맑고 깨끗한 물에 우려 낸 차는 정신을 맑게 한다. 이 맑은 정신은 물맛과도 깊은 관련이 있다. 물맛을 통해 맑은 기운이 몸속으로 스며든다.

맑은 정신 간에 이루어지는 대화는 깨어 있는 이성 간의 대화다. 이런 대화는 서로의 논리를 교환한다. 그 논리들은 대화 속에서 깊어지고 더 넓어진다. 하지만 논리가 교환되며 깊어지는 순간 서로 부딪힌다. 논리의 충돌은 두 사람의 인식과 의지가 부딪히기 때문에 생기는 문제고, 여기에서 대화는 날카로워지고 자칫 피로해질 수도 있다. 이때 차를 가운데 둔 만남은 이성을 예리하게 벼리되, 자칫하면 날카로울 수 있는 주체들 간의 정서를 그윽하게 만들 수 있다. '물맛'이 지성을 명료하게 했다면, 차의 '향'은 지성의 예봉을 완화하고 그윽한 분위기 형성에 중요한 구실을 한다. 미각과 후각으로 들어오는 향이 의식의 명징함을 조정하고 완화한다. 차의 향은 '머리' 외에 몸의 다른 감각을 깨운다.

향을 통한 미각과 후각의 개방만이 아니다. 감각의 분산과 개방은 촉각을 통해서도 이뤄진다. 동아시아의 차는 오늘날 현대인의 기호식품이 된 커피와는 달리 아주 작은 잔을 사용한다. 머그컵이 아닌 클래식 커피잔이라 하더라도 찻잔보다는 훨씬 크다. 차를 마시는 잔은 대체로 작다. 차를 우려내어 여러 번 반복해서 따라 마시게끔 하기 위해서일 것이다. 주인은 찻잎이 우려진 큰 다기에서 객의 작은 잔에 차를 따라준다. 객이 마신 후에 주인은 다시 잔을 따뜻하게 채워준다. 주와 객이 차를 따라주고 따라 마시는 이 과정에서 두 사람은 다기를 자주 만지게 되며, 이 만지는 일 자체가 만남의 과정이 되는 게 차를 마시는 시간이다.

'한잔'의 커피를 마시는 것과는 달리 차의 시간은 대화의 시간만큼이나 지속될 수 있다. 역으로 대화의 시간이 계속 늘어나는 것은 찻잔을 따뜻하게 채우는 일을 반복할 수 있기 때문이다. 대화의 시간은 차를 마시는 시간에 비례해서 계속 늘어날 수 있다. 한 번의 만남에서 커피는 대체로 '한잔'이다. 따라놓은 커피는 그 와중에 식는다. 하지만 차를 마시는 시간은 작은 잔에 따르기를 여러 차례 하면서 '처음처럼' 따뜻하게 반복된다. 차가 식지 않는 한 차의 향기도 식지 않으며, 대화의 그윽함도 사라지지 않는다. 차의 반복 형식이 시간을 만든다. 이 시간이 그대로 대화의 시간이요, 만남의 시간이다.

추사와 초의의 대화도 그러했을 것이다. 만남은 차 없이도 충분히 가능했겠지만, 차를 나누는 시간이 그들의 대화를 더욱 향기롭게 지속시키고, 두 지성의 만남이 날카로운 이성으로 깊어지되 대립하지는 않게 하는 데 중요한 역할을 했을 것이다. 유장한 만남에는 그러한 만남을 가능하게 하고 촉진시키는 유장한 리듬의 형식이 있다. 그러한 리듬이 시간을 만든다. 리듬이란 시간의 다른 이름이다.

제주로 유배 간 추사가 초의에게 보내는 저 익살맞은 편지가 친구보다 차를 더 그리워하는 듯 보이는 것은 왜인가. 차가 단순히 물리적이고 공간적인 명사형 사물이 아니라, '차의 시간'과 분리되지 않는 시간적 사물이기 때문이다. 설령 추사가 초의의 차를 받아서 혼자 마신다 하더라도, 차의 시간은 반복적 리듬으로 구성된다. 혼자서 차를 마셔도 자기 자신과 향기 있는 대화는 가능하다는 말이다.

9월

: 이행기

　도시의 9월 초는 언뜻 보면 8월과 크게 다르지 않은 얼굴을 하고 있다. 한낮의 햇볕은 쨍쨍하고 사람들의 옷은 여전히 짧다. 반팔 티셔츠, 반바지를 입은 이들이 적지 않다. 그러나 한여름과 달리 맨살이 햇볕에 노출되어도 몸은 타들어가는 듯한 느낌을 받지 않으며 심한 갈증이 생기지도 않는다. 땀 흘리게 하기보다는 땀을 말리는 해가 9월 햇볕이다.

　달력이 8월에서 9월로 넘어갔다고 해도 극적으로 변하는 것은 없다. 가로수로 서 있는 은행나무의 잎이 노랗게 물들어 인도를 덮지도 않고, 단풍으로 붉게 물드는 산천을 바로 볼 수도 없다. 그러나 살갗에 닿는 햇볕의 따가운 감촉은 우리를 지치게 하지 않고 오히려 깨운다. 반팔이며 반바지를 입고 있다고 해도 우리는 한 계절, 한때로부터 다른 시간으로 이행하고 있다는 걸 안다. 거스를 수 없는 변화의 흐름을 느낀다. 고개를 들어보라. 하늘은 한껏 높아지고 하늘색은 좀더 에메랄드빛에 가까워지지 않았는가. 밤이 오면 바람은 낮과 다른 계절을 선사한다. 피부를 스치고 지나며 몸 바깥에서 겉돌던 여름 공기는 이제 몸속으로 바로 스며들어온다. 달라진 공기를 느끼는 것은 피부가 아니라 장기들이다. 감각의 각성은 표면이 아니라 몸 내부로 스며들어온 다른 시간의 공기로 이루어진다.

사물들에는 이행 시기가 있다. 이행중 상당 기간 세계의 표면은 바뀌지 않는다. 세계는 여전히 같은 얼굴이고, 과거는 지속되는 듯이 보인다. 시간의 흐름에 민감한 더듬이를 가진 소수를 제외한다면 대부분의 생활인들은 자기가 사는 시간이 이행기임을 알아채지 못한다. 하지만 이행기는 9월의 초입과 같아서 그다음 계절의 기미들을 잔뜩 담고 있다. 변화는 의식되지 못한 채 감각으로 스민다. 변화란 기미들이 축적되는 완만한 그래프가 아니라 이전과 이후를 비가역적으로 나누는 불연속 단층면이다. 하지만 표면화될 때까지 변화는 도드라지게 눈에 띄지 않는다. 이행기는 그래서 마치 클래식 기타를 처음 배우는 아이의 시간과 비슷하다. 수많은 반복에도 불구하고 손가락은 여전히 기타줄을 제대로 짚지 못한다. 손가락은 떨리고 더듬거린다. 그러나 이미 그 운지법에는 한 곡의 연주를 수행할 수 있는 코드가 배어 있다.

이행기는 어떻게 오는가. 그것은 가을이 어떻게 오는가 하는 질문과 비슷하다. 이행기로서 9월, 이행기로서 가을은 여름에 대한 질문을 함축한다. 지난여름 나는, 우리는 어떤 존재였는가. 이 질문은 단독으로 주어지지 않는다. 이 질문은 나-우리가 세계와 어떤 관계를 맺고 있는가라는 질문과 분리되지 않는다. 이 질문은 나와 우리의 타자들에 대한 질문이기도 하다. 그러므로 이 질문을 다음과 같이 바꿀 수도 있겠다. 나는 너에게, 우리는 세상에, 나는 내 안에 숨어 있는 또다른 존재와 어떤 관계였는가.

폭염 속 한여름, 우리는 이 질문을 잊는다. 자신이 노여운 싸움 한가운데 있기 때문이다. 사나운 풍경의 일부로 만인투쟁의 광장에서 주체와 대상들이 되어 아우성치고 있기 때문이다. 거기에서 인간의 말, 사람의 얼굴은 망각되어 있다. 여름에 우리는 "태양과 싸우고 바람과 싸우고 스스로와 싸우고/이웃들과 싸우는 성난 짐승들"(나태주, 「9월의 시」)의 모양을 하고 있었다. 풍경의 일부가 된 우리는 풍경을 보지 못한다. 어느새 한껏 높아진 하늘과 몸 깊숙이 스며들어오는 바람은 한여름내 성난 이 얼굴을 들여다보려는 듯이 우리의 감각을 일깨운다. 여름에 대한 인지가 없으면 가을도 오지 않는다.

내가 나의 타자와 맺는, 우리가 우리의 타자와 맺는 그 관계 방식이 곧 나와 우리의 정체성이다. 목숨 가진 것들을 죽음의 논리로 만날 때 죽은 것은 타자뿐만 아니라 나-우리 자신이다. 생명의 원리로 타자와 만날 때 우리는 산 존재가 된다. 어떻게 노여움의 열기를 벗어나 서늘하고 맑은 생명의 기운으로 이행할 것인가. 나의 존재 이행은 곧 타자와 만나는 새로운 시간을 연다. 물음 자체가 이행의 시작이다. 어떤 적대성, 어떤 이해관계로 내가 만든 타자, 내 관점의 노예로서 타자를 어떻게 지울 것인가. 사실 지워야 하는 것은 타자가 아니라 완고한 자아다. 자아의 과잉이 대립적 타자를 만든다. 둘 다 태양의 타는 듯한 불꽃 아래 말라비틀어진 제 관념의 대지 위에서 헐벗고 사나운 짐승이 된다.

한 시인은 이러한 존재 이행을 가능하게 하는 마음을 가을에 피는 꽃에 비유하며, "누구도 핍박해본 적 없는 자의/빈 호주머니"(김사인, 「코스모스」)라고 말했다. 빈 호주머니에는 소유한 내 것도 다툴 만한 네 것도 없다. 너와 내가 따로 없다는 말이기도 하다.

파도 타는 시간
: 친구야, 그분이 오신다

인간은 발 딛고 서는 존재

'인간은 발을 가진 존재'라는 헤시오도스의 규정은 인간에 대한 가장 오래된 정의 중 하나다. 인간은 언어를 사용하는 정치적 존재라는 아리스토텔레스의 정의보다도 먼저이고, 인간을 어진 존재라고 이해한 동아시아의 공자보다도 오래되었다.

기원전 7세기 즈음에 쓰인 헤시오도스의 시 「일과 나날」에서 '발'은 인간이 '땅 위에 발 딛고 서 있다'라는 뜻으로 쓰인다. 여기에는 두 가지 함의가 있다. 신은 하늘에 살지만 인간은 땅에 산다는 고대 형이상학적 의미가 하나이고, 인간은 땅 위에서 일하며 사는 존재라는 뜻이 또다른 하나이다. 인간은 노동하는 존재라는 마르크스의 규정은 매우 유명한 근대적 정의이지만, 인간의 정체성을 일과 결부 짓는 것은 자기가 낙원에서 쫓겨나 척박한 땅에 던져진 존재라고 생각해온 인간의 아주 오래된 관념인 셈이다. 헤시오도스에게 노동은 먼 옛날 '황금 종족' 시대를 지나 '철의 종족' 시대를 사는 현생인류의 숙명이며, 땅은 이 숙명의 터전이다. 일로써 세계를 규정했기에, 그에게서 시간 역시 일로 규정되고 조직되며 운동한다. 해와 달과 별의 운행과 계절의 변화는 농부의 파종과 수확 시기를 중심으로 돌아간다. 세계의 섭리는 인간 운명인 노동의 질서를 잘 따르는 것이며, 이는 인간이 마땅히 따라야 할 윤리가 된다. 땅 위에서 이루어지는 나날의 노동시간에 충실함이 곧 세계의 섭리에 충실한 것이다.

그러나 지구에는 땅만 있는 것이 아니다. 지구의 훨씬 많은 부분은 땅이 아닌 물, 그중 바다이다. 물속 깊이 들어가보면 땅 위에 있는 존재보다도 더 많은 생명과 무생명이 이루는 넓은 세계가 있다. 땅도 까마득한 옛날 바다의 일부가 융기한 것이며, 바다가 증발한 흔적이다. 바다는 우주로부터 비롯된 시간의 역사가 가장 깊숙하게 개입되어 있는 지구 내부 공간이다. 그 관점으로 보면 인간이 발 딛고 땅에 선다는 것은 46억 년 지구 시간에서 지극히 짧은 육지 생명체의 시간, 그중에서도 눈 깜빡할 순간에 불과한 직립보행 생명체의 유한함을 뜻할 뿐이다. 하지만 발을 가지고 태어나 발로 서야 하는 인간 조건, 다시 말해 중력에 종속된 유한한 육체 조건은 땅 외의 것을 여분으로 생각하는 경향과 닿아 있다. '천지개벽'이라는 말에는 땅이 무너지는 걸 하늘이 무너지는 일과 다르지 않다고 생각하는 인간중심적 관념이 들어 있지 않은가.

우주가 연결되어 있다

발을 가진 인간이 딛고 설 수 있는 것은 땅, 즉 일정한 형태를 유지하는 고체 표면이다. 그런데 지구에서 인간이 이 육체 조건의 예외를 경험할 수 있는 특별한 시간이 있다. 고형체가 아닌 액체 위에 발 딛고 서는 특이한 경험, 바로 서핑하는 순간이다. 파도를 타는 시간이 지닌 물리적 특이성은 무엇보다도 지구 위에서 겪는 중력 체험과는 매우 다르다는 데에 있다. 이것이 얼마나 특별한 체험인지는 예수의 기적 중 사람들을 가장 놀라게 한 일이 바로 '물위를 걷는 일'이었다는 사실을 통해서도 알 수 있다.

이 체험에서 핵심은 파도에 있다. 파도는 지구의 중력으로부터 지구 표면이 일으키는 일시적 일탈이자 복귀의 반복 드라마다. 파도는 지구와 달 사이에 엄연히 존재하지만 인간에게는 보이지 않는 힘인 '인력'을 인식하게 한다. 파도는 지구와 달의 연기적 결과이자 지구 자전의 결과이다. 파도는 지구 전체의 물이 덩어리로 움직이는 거대한 조류일 뿐만 아니라 대기의 순환이 만든 흐름이기도 하다. '파도를 탄다'는 것은 그 모든 지구 내외적 흐름에 몸을 맡긴다는 의미이고, 지구 '바깥' 존재의 움직임에 사람의 몸이 연결되어 있음을 뜻한다. 파도는 지구 내부로 끌어당기는 힘을 일시적으로 이기고 솟구치는 현상인데, 이는 달이 지구 표면을 잡아당기는 힘과도 밀접하게 연관되어 있다. 그리고 파도가 부서지며 떨어지는 것은 다시 지구 중력과 자전력의 결과다. 그러므로 서퍼가 작은 발판에 의지해서 파도를 타는 순간은 지구 내외부를 둘러싼 거대한 우주적 에너지와 존재들의 상호작용을 감각하는 순간이며, 그 흐름에 적절히 참여했을 때만 두 발로 서서 앞으로 나아갈 수 있다.

베테랑 서퍼들이 서핑을 스포츠가 아니라 '라이프 스타일'이라고 말하는 것은 이 때문이다. '라이프-삶'은 생명이고, 생명의 원천은 바다이며, 이 바다를 만들었을 뿐만 아니라 이 바다의 현재 표정, 파도를 만드는 힘은 우주로 열린 무한한 에너지의 교섭이며 역동이다. 그러므로 이 발 딛기는 땅 위의 발 딛기와는 전혀 다른 차원이 펼쳐지는 장이다. 이 시간 경험은 서퍼로 하여금 인공적인 것들로 구축된 땅 위에서 직립보행하는 인간 삶의 협소함을 인식하게 한다. 그 인식이 개체성을 해체시키며, 우주적 상호작용에 연결되어 참여하고 있다는 느낌이 그를 자유롭게 한다.

친구야, 그분이 오신다

파도를 타려면 당연히 파도를 만나야 한다. 파도는 어디에 있는가. 바다에 있다고? 바다에 늘 파도가 있는 것은 아니다. 서퍼들은 '파도가 바다에 없다'고 말하곤 한다. 파도는 기다려야 한다. 이 기다림은 사람이 사람을 기다리는 일과는 다르다. 바다에 메시지를 전할 수도 없으며, 기다림의 대상인 파도와 서퍼가 평등한 관계에 있지도 않다. 보드나 스키 부츠를 신고

눈 덮인 산꼭대기에 오른 사람은 산의 곡면을 따라 활강할 수 있지만, 서핑은 바다가 선물처럼 파도를 보내주지 않으면 불가능하다. 사람은 동력원이 아니며 동력을 만들 수도 없다. 할 수 있는 것은 스스로 일어나 움직이는 우주적 다이내믹을 '타는' 일 뿐이다.

서퍼의 마음은 어부가 바다를 바라보는 마음과도 다르다. 어부에게 파도는 위험한 대상이고 기피 대상이다. 그에게 바다는 노동의 터전이고 수확이 있는 농토다. 어부가 뱃머리 갑판 위에 서 있다고 해도 그것은 작은 발판 하나에 선 서퍼의 발디딤과는 전혀 다르다. 서퍼에게 바다는 도구가 아니다. 그는 바다에서 땅으로 가지고 갈 것이 없으며 원하지도 않는다. 파도 위에 있는 시간은 '이후'를 기약하거나 저축하거나 기획하지 않는 시간이다. 의지할 과거도 없고 기약할 미래도 없다는 점에서 온전히 원초적인 현재성만이 구현된다. 파도를 기다리는 일은 오직 현재라는 육체성에만 집중하려는 이들의 간구 같다. 대상이 원초적이고 목적이 무용하기에 그 간구는 마치 예술가의 기도와도 비슷하다.

S.R. 바인들러 감독의 서핑 영화 〈헬로우, 서퍼〉(2008)가 코

미디라고 할 만큼 서퍼들을 우스꽝스럽게 그리고 있지만, 파도를 기다리는 서퍼의 마음이 과장이라고 할 수만은 없다. 전설적인 서퍼 에딩턴(매튜 맥커너히)은 하염없이 파도를 기다린다. 영화는 파도를 타며 성장하고 평생 제 삶의 에너지를 파도타기로 확인하던 서퍼가 열흘, 스무 날이 지나고 쉰 날이 넘도록 파도 없는 바다를 쳐다보다가 시름시름 앓으며 생기를 잃어가는 모습을 보여준다. 파도를 기다리는 그의 의식은 육지, 아니 이세상에 없는 듯이 보인다. 그는 바다에 제사를 지낸다. 좋아하던 대마초도 끊고 연애도 안 하고 마침내는 단식을 하며 파도를 기다린다. 바람이 부는 기미가 생길 때마다 화들짝 놀란다. 파도를 기다리는 서퍼에게 이것은 흡사 '그분'(신)을 기다리는 모습처럼 보이며, 그들의 무리는 우스꽝스럽지만 '컬트적'(컬트 cult에는 신 숭배라는 함의가 있다)이다. 파도가 찾아올 때 그들이 주고받는 인사는 그래서 '친구야, 그분이 오신다'이다.

하지만 자본주의는 모든 것을 상업화하는 강력한 힘을 지녔다. 이 세상에 흥미가 없는 듯이 보이는 이 히피 서퍼는 이미 '스포츠'가 된 지 오래인 서핑이 이제는 게임 회사의 가상체험으로까지 흡수되어가는 세태에 힘겹게 저항하면서 온갖 생활고를 겪는다. 영화는 파도를 기다리는 시간이 파도 타는 시간의 일부임을 유머러스하게 전달하려 하지만, 이 기다림은 오늘날 자본주의의 가공할 압력 속에서 온전하고 순수한 기도 시간으로 보존되기 어렵다. 사회라는 통속성은 서퍼라는 순수한 영혼-염원을 비웃는다.

패트릭 스웨이지와 키아누 리브스가 서퍼로 등장하는 영화 〈폭풍 속으로〉(1991)에서 서퍼들은 자신들을 적극적인 정치적 컬트로 전환시킨다. 그들은 우주적 에너지와 합일하며 사는 자연스러운 삶을 파괴하는 인공 시스템의 지배자인 시장-국가에 맞서 '악법'을 파괴하는 무정부주의자가 되는 것이 현대적 서퍼의 길이라고 주장한다. 그들은 자연의 파도를 기다리기보다는 그들 자신이 세상을 뒤엎을 정치적 뉴웨이브가 되기를 바란다. 급진주의 정치 구호로 무장한 서퍼들은 갱을 조직해 은행 강도 짓을 하며 서핑으로 정체성과 팀워크를 다진다. 그들은 일생에 한 번 만날까 말까 한 거대한 파도를 찾아 전 세계를 돌아다닌다. 범죄가 드러나 추적을 받자 일생일대의 파도가 들어오는 폭풍 속으로 보드를 타고 사라지는 주인공 보디(패트릭 스웨이지)의 모습으로 마무리되는 엔딩은, 서핑이 내포한 저항적 에너지를 도발적으로 표현했다는 점에서 관객들에게 강렬한 인상을 남긴다.

하지만 선물처럼 '그분'을 영접하려는 서퍼에게도 파도는 친절한 존재가 아니다. 선물 같은 파도의 이면은 더 난폭하다. 파도를 영접하러 가는 길은 설렘 속에 시작되지만 서퍼에게 집중력과 헌신을 요구한다. 더군다나 아주 멋진 파도를 맞이하려면 모험을 감수해야 한다. 발판 하나에 의지한 인간의 몸은 망망한 바다의 지속적 숨쉬기 같은 파도의 역동 앞에서 위태롭다. 그래서 파도를 타다 죽음을 맞은 유명한 서퍼 마크 푸는 "당신이 가장 멋진 파도에 올라타려면, 궁극적이고 영원한 평화를 받아들일 각오를 해야 한다"는 말을 남겼다.

전설적인 서퍼 제이 모리아리티의 실화를 담은 성장영화 〈체이싱 매버릭스〉(2012)는 서퍼가 파도를 타기 전에 우선 바다로 맞이하러 가는 시간 자체가 위태로운 도전 과정임을 생생한 영상으로 보여준다. 인간은 파도가 가장 높이 일어선 정점의 한가운데에서 바다와 생생한 조우를 원하지만 파도는 중심으로 접근을 쉽게 허용하지 않는다. 이 접근 시간은 인간에게는 싸움의 시간이다. 오해하지 말아야 할 것은 이 싸움의 대상이 파도가 아니라 파도에게 접근하는 자기 자신이라는 사실이다. 파도는 애초에 싸울 수 있는 존재가 아니다. 그를 '기쁘게' 맞는 일만이 허락된다. 발판을 배에 깔고 작은 손을 쉴새없이 움직이며 넓은 바다로 나아가는 지극히 미소한 인간에게 이 영접은 거대한 존재와의 조우라는 점에서 두려움을 준다.

싸워야 할 것은 두려움뿐만이 아니다. 내 안의 조급함과도 싸워야 한다. 바다로 나아갔으나 모든 출렁임에 올라탈 수는 없다. 가장 적절한 움직임을 잡는 데에는 아주 짧지만 고요한 기다림의 시간이 다시 필요하다. 시선은 아직 파도가 나타나지 않은 먼 수평선에 머문다. 그 순간 지금까지 보지 못했던 하늘도 보이고, 구름의 움직임도 눈에 들어오며, 하늘을 나는 새들, 어제와는 다른 바다의 표정과 해변 모래의 이동까지 감지할 수가 있다. 시선이 먼 곳에 머무는 이 순간은 찰나이고 정적이지만, 주변 자연의 미세한 변화가 드러나는 예민한 시간의 출현이라는 점에서 존재론적이다. 파도를 많이 타본 숙련된 서퍼에게만 나타나는 이 순간은 파도타기가 주는 예상할 수 없던 선물이며, 인생에서 우리가 맛볼 수 있는 가장 아름답고 고요한 얼굴과 마주하는 시간일지도 모른다.

만일 당신이 작은 발판에 의지하여 바다로 나아가서 이 경이로운 정중동의 시간과 조우했다면, 그다음은 두말할 나위도 없이 당신이 원하는 파도를 타고 있을 것이다. 그 순간은 지구와 지구 바깥이 긴밀하게 연결되어 있으며 당신 또한 이 사슬의 한 고리임을 기쁘게 지각하게 되는 우주 참여의 시간이다.

북치는 시간
: 내용 없는 아름다움에 관하여

가난한 아이는 가난하게 사는가

내용 없는 아름다움처럼

가난한 아희에게 온
서양 나라에서 온
아름다운 크리스마스 카드처럼

어린 양들의 등성이에 반짝이는
진눈깨비처럼

김종삼의 이 시는 대체로 모호하게 읽혀왔다. 유감스럽게도 한국 문학비평사에는 모호함을 더 애매한 모호함으로 은폐하는 일이 적지 않았다. 예컨대 이 시를 '절대성의 추구'나 '순수미의 화신'같이 그럴싸한 말로 비평해도 시의 이해에 더 다가갔다고 말하기는 힘들다. 작가 김종삼에게 '유미주의자' '미학주의자'라는 이름표를 붙이는 것도 마찬가지다. 모호함이란 어디까지나 독자의 입장에서이지 시인의 편에서는 아니었을 터이다. 시인이 시적인 말을 얻게 될 때 그가 본 것은 어둠 속에서 뚜렷하게 빛나 스스로 들어올리는 어떤 장면이었으리라. 이 장면이 뚜렷하지 않았다면 어떻게 통속적인 말들의 파편 위에서 새로운 풍경이 드러날 수 있었겠는가.

시를 범속한 리얼리즘으로 읽는 일은 자연스러우며 널리 알려진 독법이기도 하다. 이 시의 풍경도 그렇게 읽혀왔다. 시가 쓰인 때의 사회 상황을 감안할 때 아이는 한 시대의 가난을 대변하는 전형이 된다. 이때 2연은 한 시대의 정황을 전하는 메타포가 되며, 1연은 2연의 정황을 추상적으로 요약한 진술이 되고, 3연은 1연의 추상적 진술을 일정한 감정이입으로 구성한 이미지를 다시 제시하는 것처럼 보인다. 그 독해의 연상 과정을 구체적으로 적어보면 이렇다.

어느 날 한 가난한 아이에게 서양 나라의 누군가가 쓴 크리스마스카드가 도착한다. 전쟁 후 폐허가 되었던 당대 상황을 감안한다면 아이는 보육원에 있던 전쟁고아일 수 있으며, 카드가 배달된 장소는 아이들이 지내는 시설이나 학교일 수도 있다. 아이는 위문편지로 크리스마스카드를 받았을지도 모르겠다. 제목으로 보아 카드 표지에 '북치는 소년' 그림이 있지 않았을까.

그러나 서양 나라의 카드는 아이가 살고 있는 현실과 조화롭게 섞일 수 없는 형상이다. 카드에 담긴 인사와 축복의 메시지는 끔찍할 정도로 가난한 삶과 유리되어 있으며 아름다운 표지 역시 폐허의 삶 어디에도 수락될 수 없는 모양이다. 북치는 소년의 천진한 이미지는 가난한 아이의 현실과 대립한다. 그렇다면 "내용 없는 아름다움"은 카드의 내용 또는 이미지와 아이의 현실 간 대립을 압축한 아이러니 진술이 될 것이다. 이렇게 볼 때 3연의 "진눈깨비"는 "내용 없는 아름다움"을 다시 이미지로 전환한다고 자연스럽게 이어 해석할 수 있다. 눈이 되

지 못한 채 "어린 양들의 등성이에 반짝이는" 진눈깨비는 카드
의 아름다움이 지닌 공허함, 추상성, 일시성과 호응한다. 진눈
깨비는 눈처럼 세상을 정화하지 못하고 내리면서 녹아버린다.
축복처럼 내린 하늘의 순결한 메시지는 실체 없이 순간적이고
어느새 추적추적한 진창이 되어 삶의 남루함을 오히려 부각시
키는 그림자가 된다. 이렇게 시를 읽을 때 시의 정황은 비극적
삶을 바탕으로 한 아이러니 풍경이라고 볼 수도 있겠다.

희망이라는 낙원

이렇게 시를 읽었다고 한들 문제될 것은 없다. 아니, 한 시대
의 비극을 압축적 진술로써 효과적으로 전달하고 있다고 해야
할지도 모르겠다. 문제는 이러한 논리적 독해 후에도 남는 "내
용 없는 아름다움"의 여운이다. 기묘하게도 독자들은 "내용 없
는 아름다움"이 현실의 알맹이를 탈각시킨 공허한 무엇이라는
설명을 듣고서도 이 진술에 매혹된다. 그렇다면 이 매혹을 짐
짓 모른 체 놔둘 것이 아니라 다른 각도로 이 풍경의 의미를
살펴봐야 하지 않을까.

지금까지의 해석은 이 시를 풍경 외부에서 읽었다. 여기에서 이야기는 사회적 풍경으로 조망된다. 그러나 풍경 내부로 들어가보자. 바깥에서 조망된 비평적 풍경이 아니라 '가난한 아이'로 살아보자. 그때 이야기는 전혀 달리, '시간적으로' 경험된다.

가난한 아이에게 크리스마스카드가 도착한다. 누가 보냈는지 알 수 없으나 아이의 삶과는 다른 삶이 세상 어딘가에 존재한다는 가능성의 표지로 느닷없이 등장한다. 아이에게 내용은 중요하지 않다. 카드의 내용이 무의미하다는 것이 아니라 도리어 반대의 뜻으로 받아들여져야 한다. 카드는 내용과 무관하게 반짝이고 내용을 모르고도 매혹될 수 있는 아름다운 사물이 된다. 폐허의 현실에서 먼 나라에서 온 카드는 서양이라는 주소지-공간성이 아니라 이 삶을 유일하게 여기지 않는 다른 시간성의 표지가 되기 때문이다. 이때 "북치는 소년"은 '가난한 아이'와 대립되는 상관물이 아니라 아이가 자신을 대입하는 매혹의 이미지가 된다. 아이는 내용과 무관하게, 아니 그 내용을 보지 않고도 이 사물에 붙들린다. 아이는 크리스마스카드를 통해 '북치는 아이'를 본다. 북치는 아이는 현실에서 볼 수 없는 다른 존재지만, 이 형상에서 가난한 아이는 대립의 현실이 아니라, 오히려 다른 풍요의 현실이 존재할 가능성을 인식하게 된다. 어른들은 카드에서 대립적 현실의 남루함을 인식하고 절망하지만 가난한 아이는 현실에 결핍된 무언가를 바라고 기도하게 된다. 아이의 심장은 콩콩, 쿵쿵, 두둥둥, 더 빠르게 더 세게 더 신나게 북을 치기 시작한다. 아이는 설렌다. 이 설렘이 아이를 북치는 소년으로 바꿔놓는다. 현실 너머 카드의 세계는 북치는 아이로 인해 지금 현실을 구성하는 삶의 일부가 된다.

이 현실이 다른 현실로, 이 시간이 다른 시간으로 전환될 수 있다는 개방성의 인지, 감각의 깨어남은 그 자체로 희망을 고지한다. 희망은 희망의 내용이나 조건이 아니라 희망을 희망하는 감각이 성립시키는 사건이다. 크리스마스카드라는 구원의 상징은 구체적 내용을 통해 가난한 현실을 들어올리지 않는다. 다른 시간이 존재한다는 가능성의 인지 자체가 다른 삶을 보게 한다. '구원'과 '메시아'는 희망의 탁월한 상징이다.

매혹이라는 사치

많은 경우 탁월한 아름다움은 "내용 없는 아름다움"의 형상으로 고지된다. 이 아름다움을 '사랑'이라는 존재 사건의 메타포를 통해 추측해봐도 좋다. 매혹은 아름다움의 고유한 존재 형식이다. 매혹은 홀리는 경험이다. 홀릴 때 우리는 왜 우리가 그것에 홀리는지 알지 못한다. 매혹에 대한 구구절절한 내용을 설명할 수 있다면 매혹되어 있다고 할 수 없다. "내용 없는" 매혹은 매혹의 전제 조건이자 존재 방식이다. 탁월한 아름다움은 설명될 수 없다. 내용이 없다는 것은 내용의 공허가 아니라 그 무한성을 뜻한다. '아름다움'이란 존재의 무한성과 깊이에 맞닥뜨릴 때 우리가 이끌리는 사물의 수수께끼에 대한 감각이며, 이 순간 개방되는 다른 장과 다른 시간으로의 낯선 경로 체험이다.

아름다운 크리스마스카드는 사물의 형상으로 주체에게 느닷없이 다른 시간의 통로를 연다. 아이가 가난하다고 하여, 현실이 남루하다고 하여 아이에게 다른 차원에 있을 평행우주 같은 낙원조차 존재할 리 없다고 어떻게 단언할 수 있겠는가. 그 아이가 낙원을 꿈꾼다고 하여 이 꿈을 사치라고 폄하할 권리가 우리에게는 없다. 현실원칙에 구속되고 교환관계에 속박되어 있으며 노동시간으로 점철된 것이 일상이라 할지라도, 우리는 희망을 희망할 수 있다. 희망을 희망할 수 있다는 사실 자체가 의욕을 지닌 존재로서 생명(살아 있다)의 참뜻을 지시하며, 이는 생명이 마땅히 누려야 할 존재론적 사치이기도 하다. 이러한 사치는 낙천성을 회복시킨다. 낙천성은 낙관주의와는 다르다. 맹목적 낙관주의가 현실을 보지 않으려는 시선의 안일함과 관련된다면, 낙천성은 현재가 유일한 시간이 아니며 미래가 열려 있다는 개방적이고 겸손한 시간 감각과 관련된다. 이는 '너는 네 현실에 부합하는 수준의 것만을 욕망할 수 있을 뿐'이라는 현실원칙을 가볍게 무시하고 저를 둘러싼 제약을 물리쳐 아직 오지 않은 시간을 즉각 당겨 누리려는 소망을 발동한다.

크리스마스카드를 받은 아이는 자기에게 내재된 생명의 의욕을 비로소 감지하고 북을 칠 것이다. 북을 치기 시작한 아이에게 눈인가 진눈깨비인가, 눈이 쌓이는가 진창으로 녹는가는 중요하지 않다. 회복된 낙천성은 당장 "반짝이는" 낙원을 볼 것이므로. 진눈깨비는 너머의 실루엣이다. 그것은 아름다움의 가상을 의미하는 듯도 하지만, 금세 녹아내린다고 하여 실체가 없다고 말할 수는 없다. 반짝임을 본 존재가 이미 현실 너머에 속한 물리적 주체로 변화하지 않았는가. 북치는 소년은 억지로 노역하며 가난한 현실을 견디는 존재가 아니라 유희를 통해 벌써 저 낙원에 참여하는 존재가 된다. 유희란 이 세계에서 이미 존재의 지복을 누리며 사는 생명의 모습이 아닌가. 지복의 누림은 이 시간을 기뻐할 때만 가능하다. 이는 현실의 조건이 아니라, 그럼에도 불구하고 현실 너머를 고지하는 다른 가능성을 긍정한다는 뜻이다. 북치는 아이는 '너희는 이 세상에 속하지만 나는 이 세상에 속하지 않는다'는 예수의 말을 의욕의 형태로 실천한다. 크리스마스카드에 깃든 구원의 의미가 '하늘은 스스로 돕는 자를 돕는다'는 천진한 지혜의 방식으로 실현된다. 아이는 이제 주인의 도덕으로 산다.

　

"내용 없는 아름다움"이 자아내는 해석적 잉여도 여기에서 비롯되는 게 아닐까. 아름다움의 '내용 없음'은 시간의 표면이 낙원의 시간을 파지把持한다는 신비에 기인한다. 아름다움의 아우라를 생산하는 무한성이란 삶이 또다른 지평으로 열려 있다는 뜻이다. 지금 시간을 긍정하지 못하는 사람은 언제까지나 낙원과 닿지 못한다. 존재의 긍정 자체가 하나의 낙원이다.

■ 2부

책상 '위'에 놓인 『장자』를 집어 드는 순간을 생각해보자

화 장 하 는 시 간
: 외출에는 특별한 준비 시간이 필요하다

화장할 시간이 필요하다

화장은 체계적이고 전투적인 과정이다. 짧은 시간을 쓰든 긴 시간을 쓰든 간에 대단한 집중력이 발휘된다. 얼굴에 색깔을 입히기 위해 파운데이션을 바르고, 아이라인을 얇고 선명하게 그린 후 마스카라로 속눈썹을 세우며, 다시 눈썹을 또렷하게 그리고서는 눈두덩이 주위에 명암을 넣기 위해 아이섀도를 칠한다. 볼터치로 얼굴에 홍조를 띠게 하고, 미묘한 빛깔로 뉘앙스가 구분된 립스틱으로 입술에 생기와 존재감을 부여하는 것도 빼놓을 수 없다. 경우에 따라 이마나 콧등이나 턱선

부근에 또렷한 입체감을 주기 위해 하이라이터 작업을 하기도 하고, 얼굴의 윤곽을 작게 보이려고 셰이딩을 추가하는 일도 있다.

화장하는 과정을 담은 유튜브 영상이나 영화의 한 장면을 보다가 종종 경이로움을 느낀다. 섬세하게 발휘되는 집중력은 능수능란한 손놀림으로 정확하고 신속하게 그 결과를 얼굴에 반영한다. 외출 전 이 절차는 너무나 정성스러워서 이전과 이후에 마치 별도의 시간 하나를 도입하는 듯 보이기도 하며, 심지어 외출이 화장을 하기 위한 명분으로 보이는 경우까지 있다. 이 집중에 프로이트가 관심을 기울였다면 제의에서 보이는 강박증과 비슷하다고 해석했을지도 모르겠다. 프로이트는 절차적 세부의 예민함, 반복성(주기성)에 대한 집착, 행위의 무의미성 등을 근거로 종교 제의의 강박성을 거론한 적이 있는데, 화장 장면이 문득 그와 유사하게 느껴질 때가 있다.

화장하는 시간—존재 변이를 위한 통과제의

군이 과장해서 화장의 강박증적 성격을 관찰하지 않는다

해도, 화장이 일상에 명백히 통과제의적인 시간을 반복적으로 도입하고 있음은 분명해 보인다. 세속에는 저도 모르게 성스러움의 건립에 참여하는 시간이 있다. 성스러운 제의는 그 과정에서 참여자에게 존재 변이가 일어나는 퍼포먼스다.

집안에서의 얼굴과 집밖으로 외출 후의 얼굴이 크게 달라진다면 이는 두말할 필요도 없이 화장이라는 통과제의 때문이다. 화장 후의 얼굴은 다른 마스크를 쓴 페르소나가 된다. 화장 후의 페르소나를 타자의 시선을 의식한 '사회적 얼굴'이라고 해도 틀렸다고 하기는 어렵겠지만, 이러한 설명이 화장하는 시간에 일어나는 체험의 전부를 담지는 못한다. 음악영화 〈스타 이즈 본〉(2018)의 한 장면은 화장의 제의적 본질을 이해하는 데에 효과적이다. 음식점 웨이트리스였던 앨리(레이디 가가)는 짙은 붉은색 립스틱과 강렬한 마스카라, 과장된 테이프 눈썹을 하고서 카리스마가 작렬하는 무대 가수로 돌변한다. 노동하는 낮의 세계가 강력한 성적 매력을 내뿜는 밤의 세계로 전환되는 계기에는 화장이라는 통과제의 시간이 있다.

화장이 유발하는 존재 변이에서 확실한 것은 이 제의의 시간이 어떤 형태로든 존재를 강화한다는 사실이다. 이 힘의 현실적 목표가 시각적 섹슈얼리티의 강화일 수 있겠지만, 섹슈얼리티의 강화라는 말은 생각보다 단순치 않다. 화장이 만든 섹슈얼리티를 내적 체험이라는 차원에서 생각해보면 스피노자의 코나투스conatus에 부합한다. 이 시간은 주체의 의지를 강화하며 충동-정념 등을 고양시키는 충전의 시간이지 않은가. 화장한 앨리의 노래와 춤이 코나투스의 표현이며, 그것이 앨리를 웨이트리스에서 가수라는 '액터actor-스타star'로 바꿔놓는다. 현대 대중사회에서 '숭고한 대상'이라 할 수 있는 스타 탄생star is born 과정에서 분명한 시각적 존재감을 드러내는 앨리의 얼굴은 화장이 본래 무엇인지를 잘 보여준다. 그녀의 얼굴은 전쟁이나 사냥에 나서는 전사들이 화장으로 '무장'했을 때처럼 비장하고 강력해졌으며, 대담한 에너지를 품게 되었고, 억눌린 그녀의 본성은 무대에서 해방감을 느낀다. 화장하는 시간은 본 의식을 치르기 위한 예비 과정으로서의 입문 의식이지만, 발휘하는 기운은 그 자체로 독자적이고 보기보다 강력하다.

그렇다고 하더라도 오늘날 화장이 갖는 의미가 옛날과 같다고 말하기에는 미묘하지만 적잖은 차이가 있다. 그 형식에서 희미한 고대적 흔적을 겨우 엿볼 수 있을 뿐이라는 말이다. 전사의 화장이 토템이나 신의 모방으로 인간의 기백을 자연과 우주의 에너지와 연결시키려는 데에 비해, 오늘날 화장은 자연과 연결되는 원초성을 잃어버렸고, 그 사실을 기억하지 못하며, 그러기를 원하지도 않는다. 유명 화장품 메이커가 중세의 연금술사를 모방한 글로벌 '화학 공장'의 오너들이라는 사실은 오늘날 화장이 지닌 인공성의 물리적 메타포가 되겠지만, 설령 어떤 화장품이 유기농이라고 한들 달라지는 것은 없어 보인다. 보들레르의 인공 낙원처럼 이 시대의 화장은 문명의 삶이 자연을 분리시키면 분리시킬수록 인공미로 아름다움의 창조에 다가간다는 현대성을 역설한다. 현대는 끊임없이 과거를 부정하고 자연과 단절하면서 새로움을 추구하며, 이 추구는 인공적인 것에 강박적인 갱신을 요구한다. 고야의 그림 속 자식을 낳자마자 모조리 잡아먹는 고대 로마의 신 사투르누스처럼, 현대는 자기부정의 시간이자 인공을 뜻한다. 그런 점에서 성형외과는 화장술이 이루려고 했던 현대적 시간성의 완성이며 이념적 종착지라고 하겠다.

20세기 초의 미학자 벤야민은 앙리 폴레스의 말을 인용하여 "이전과 달리 예술이 아닌 의류 사업이 현대적 남녀의 원형을 만들어내며, 이제 마네킹이 모방의 대상이 되고 영혼은 육체의 이미지가 되어버린다"(『아케이드 프로젝트』)고 기록한 적이 있다. 벤야민은 같은 메모 묶음에서 당대 시인 기욤 아폴리네르의 말을 인용하여, 현대의 패션(산업)이 섹슈얼리티를 추구하면서 살아 있는 것과 죽은 것 사이에 길을 만드는 새로운 페티시의 창조자라고 직관하기도 한다. 벤야민의 인용자들이 현대 패션에서 공통적으로 본 것은 무기물, 즉 죽은 것으로의 회귀 충동이다. 태동하고 있는 대규모 패션 산업에서 그들이 예견한 마네킹의 육체와 그 육체가 반영된 영혼의 이미지는 얼굴이라는 표면으로 드러난다. 그 표면은 밋밋한 자연적 얼굴이 아니라 기하학적 비례식과 수학적 풀이 과정을 따르는 현대적 화장법이 생산한 인공 페이스였다. 벤야민은 그들의 직관에 더해 이 인공적이고 강박적인 이미지들의 표면에서 덧없는 시간성, 미의 창출에 얽힌 계급적 전략을 읽는다.

아름다운 얼굴에 대한 동경은 예나 지금이나 다르지 않겠으나, 둘 사이에는 시대적 간극만큼이나 원리적 차이도 존재한다. 핵심은 표면에 깃든 '아우라aura'의 여부이다. 다시 벤야민을 참조하면 아우라는 '가까운 것에 깃든 먼 곳의 실루엣'이다. 그 '먼 곳'을 지금 이 자리에 깃들게 하기 위해 필요한 것이 제의였다. 원형적 차원에서 화장하는 시간은 세속에 도입된 제의적 시간이다. 여기에서 화장이 만들어낸 아름다움은 '먼 곳'으로부터 불러들인 존재가 내 얼굴과 결합할 때 갖게 된 본능적 의지, 충만한 생기이다. 하지만 오늘날 일상적인 화장 시간에서 그 '먼 곳'의 느낌을 기억하고 원하는 이는 별로 없다.

찰나 또는 순간

: 영겁이 깃든 허방

영겁, 하늘이 시작되고 우주가 꺼지는 동안

시간 단위로 쓰이는 말 가운데에서 가장 긴 것이 '영겁永劫'이다. 시간의 시작과 끝, 그러니까 천지가 한번 개벽했다가 다음 개벽할 때까지의 까마득한 시간을 말한다. '겁'은 산스크리트어 'kalpa'의 한자 음역이다. 그런데 천지가 다시 개벽한다는 것은 도대체 무슨 뜻인가. 불경에서는 이를 '개자겁芥子劫'과 '불석겁佛石劫'이라는 말로 설명한다. 개자겁은 둘레 40리 되는 성안에 겨자씨를 가득 채워놓았는데 하늘나라 사람이 백 년에 한 알씩 겨자씨를 가지고 가서 모두 없어질 때를 말하며, 불석겁은 둘

레 40리 되는 바위를 잠자리 날개보다 더 얇은 깃털로 3년마다 한 번씩 스쳐서 돌이 닳아 없어질 때까지의 시간이다. 그게 겨우 1겁이다. 천지개벽은 하늘이 시작되었다가 우주가 꺼져 허공조차도 존재하지 않게 되는 시간 단위의 사건이다. 삼천대천세계三千大千世界, 즉 존재하는 모든 것들에는 생성, 안주, 괴멸, 소멸을 포함하는 각 시기가 있는데, 이 시기들은 각각 20겁으로 되어 있어 네 단계를 일주하는 데에 80겁이 걸린다. 이것이 천지개벽에 해당하는 시간일 것이다.

현대물리학적 관점에서 보면 겁은 빅뱅의 시간 단위이다. 상상할 수 없는 밀도로 한곳에 모여 있던 존재가 폭발하고, 공간이 생겨나면서 팽창하고, 양성자·중성자·전자 등이 생성되며, 그것들이 모여 헤아릴 수 없는 별과 은하가 생성되고, 이것이 물질계를 구성하여 우주를 이룬다. 우주는 지금도 팽창하고 있으므로 불교적 세계관에서 보면 아직도 괴멸 단계인 겁에 이르지 않은 것이다. 지금까지 이해된 과학적 추론에 따르면 우주의 나이는 138억 년 정도이다. 이 시간도 겁에는 한참 미치지 못한다.

겁은 무한無限에 해당한다. 장자는 무한을 '무외無外', 즉 바깥이 없는 것이라고 표현했다. 이런 시간을 어떻게 인간이 이해할 수 있겠는가. 봉우리에 오르지 못한 자가 봉우리 위에서 내려다본 세상을 상상하기 어려울진대, 유한자가 무한자를 이해하는 일은 추측으로도 가능하지 않다. 장자는 하루살이가 밤낮을 모르고, 한 여름 살다 죽는 매미가 가을과 겨울을 모르는데, 8천 년에 겨우 한 줄의 나이테를 만드는 어떤 나무를 모르는 인간이 7백 살 산 팽조라는 사람을 두고 제일 오래 살았다고 칭송한다며 혀를 찼다.

시인 김형영은 파블로 네루다의 『질문의 책』을 읽다 "하늘이 무너지면 새들은 어디서 날까?//땅이 꺼지면 허공은 얼마나 깊어질까?//사람은 어디에 발 디디고 살지?"(「옆길」)라고 물었지만, '하늘이 무너지고 지구가 꺼진 후 허공의 시간'은 사람에게 속하지 않는다. 말은 개념을 만들지만 이런 종류의 개념은 사람이 담을 수 있는 생각 너머에 있다. 비유조차도 그 너머를 헤아리지는 못한다. 생명은 무생명에서 왔다. 무생명의 시간은 생명이 거느리고 헤아릴 수 있는 시간 너머에 있다.

우주의 특이점

'찰나刹那'는 '겁'에 반대되는 시간 개념이다. 산스크리트어 소릿값을 딴 한자 번역어인데 원어는 'ksana', 순간瞬間이란 뜻이다. 동아시아에서는 순간에 해당하는 개념이 한자어에 여러 방식으로 분화되어 있다. 눈 한번 깜박이고 숨 한번 쉬는 사이를 순식간瞬息間이라고 부른다. 순瞬은 눈을 깜박인다는 뜻이고 식息은 숨을 한번 들이쉬는 동안이다. 별안간瞥眼間이란 말도 있다. 별瞥은 언뜻 잠깐 스쳐지나는 것을 뜻하고, 거기에 눈眼을 뜻하는 글자를 붙였으니, 별안간은 언뜻 잠깐 눈 한번 돌릴 사이 또는 눈 한번 스칠 사이 짧은 시간이라는 뜻이다. 삽시간霎時間이란 말도 있다. 삽霎은 이슬비를 뜻한다. 삽시간에 어떤 사태가 벌어졌다고 할 때, 이슬 같은 빗방울이 하늘에서 땅으로 떨어지는 짧은 시간에 걷잡을 수 없이 일이 터지고 전개됨을 말한다(박수밀,『박수밀의 알기 쉬운 한자 인문학』).

그러나 이런 말들조차도 찰나가 담고 있는 본래 시간 개념을 제대로 지시하고 있다고 하기는 어렵다. 영겁이 무한대의 시간이라면 찰나는 그에 대응하는 무한소無限小의 시간을 뜻하기 때문이다. 장자는 무한소를 '무내無內', 즉 내부가 없는 것이라고 표현했다. 오메가Omega 같은 시계 명가에서 1만분의 1초 단위로 시침을 나눈 시계가 나오는 시대지만 이 개념에 도달하려면 턱도 없다. 『아비달마대비바사론』에는 '가는 명주실 한 올을 젊은 사람 둘이서 양쪽 끝으로 당기면서 칼로 끊었더니, 명주실이 끊어지는 시간이 64찰나였다'는 얘기가 나온다. 명주실 끊어지는 순간의 64분의 1이 찰나라는 것이다. 사람이 어떤 일이 일어남을 느끼는 순간이 1찰나의 120배인 120찰나라고 하며, 손가락을 한번 튕기는 사이—彈指時가 65찰나라는 말도 전해진다(최기호, 『최기호 교수의 어원을 찾아 떠나는 세계 문화 여행』). 이런 시간을 가늠해보기 위해서는 차라리 현대물리학의 시간을 참조하는 게 나을지도 모르겠다.

빅뱅을 다시 생각해보자. 아인슈타인의 일반상대성이론에 따르면 현재 시점에서 시간을 거슬러 갈 경우 무한대의 밀도와 온도로 우주가 정확히 한 점으로 축소되는 특이점이 있어야 한다. 현대물리학은 지금부터 138억 년 전 이 특이점을 빅뱅으로 해석한다. 이 특이점으로부터 10^{-43}초 사이에 현대물리학으로도 추측하기 어려운 사건이 예비된다. 10^{-6}초 이후 대부분의 반물질이 물질과 상쇄되어 사라지고 우주에는 물질만이 남게 되었다. 3분 정도가 지나 이 입자들 사이에 핵융합이 일어나

20분 무렵까지 헬륨, 리튬 등의 가벼운 핵이 합성되었다. 37만 7천 년이 지나면 우주가 충분히 팽창하여 원자핵과 전자가 결합한 가벼운 원자들을 만들기 시작했다. 물질계, 즉 존재가 출현한 것이다. 그리고 1억 5천만 년 정도 후 중력에 의해 최초의 별과 퀘이사가 형성되었을 것으로 추정된다.

여기에서 10^{-43}초 같은 개념이 바로 '찰나'다. 그러나 138억 년으로 추정되는 현행 우주의 시간으로 보면 특이점 직후부터 원자가 생성되기 시작한 37만 7천 년이라는 까마득한 시간조차 찰나에 불과할지 모른다. 우주는 새로운 물리적 단계에 진입하는 매 순간이 10^{-n}초같이 '눈 깜짝할 사이'에 이뤄졌다. 찰나의 함의는 지극히 미소한 것이 담고 있는 우주적 무한성이다. 이전과 이후를 바꾸어놓는 것, 결코 이전으로 돌아갈 수 없는 시간의 특이점을 철학적 의미의 '사건'이라고 한다면, 그 사건은 찰나와 순간에 이루어진다. 찰나와 순간에서 연쇄적 시간의 고리들이 쏟아진다. 무한한 연기緣起적 계기들은 하나의 특이점, 찰나-순간이 낳은 자식들이다. 그리고 시간의 자식들은 다시 무한한 계기의 연쇄를 낳는다. 그것이 '존재'를 생성한다. 플라톤에게 지대한 영향을 미친 엘레아의 현자 파르메니데스에게 찰나-순간은 있음과 없음 사이에 존재하는 모호한 물질성으로 이해되었고, 이 모호성을 견디지 못한 그는 물질성을 일종의 공간성으로 규정했다. 그가 이 공간적 물질성에서 거세한 모호함은 '시간'이었으며, 그 시간의 본래 이름이 바로 '찰나-순간'이다.

　파르메니데스의 이런 생각은 합리주의적 기풍을 지닌 그리스적 사고의 원형을 보여주며, 이후 서양 사유의 주된 전통을 만들어냈다. 그리스어에는 시간을 뜻하는 두 표현이 있다. 크로노스khronos와 카이로스kairos다. 전자는 '동안'을 뜻하는 '시간'에 가깝고, 후자는 특정한 '때'로서 '시각'에 가깝다. 전자는 시간의 경과를 뜻하며 수평적이고 계측적인 물리량이다. 후자는 한 계기적 '순간'에 초점을 맞추며, 시간에서 수직적으로 관통하는 체험의 심연과 사건의 잠재성을 본다. 이는 그리스어에 침투한 히브리적 사고로 이해되기도 한다. 그리스어 성경에서 언급되는 '그때'라는 이름의 시간성은 크로노스가 아니라 대부분 카이로스로 표현되기 때문이다. 첨예하게 성경을 해석할 경우, 예컨대 벤야민 같은 철학자는 하느님의 뜻이 땅에서도 이루어지는 '그때'라는 메시아의 시간은 죽은 후나 먼 미래의 일이 아니라 영원을 담고 있는 '지금', 카이로스에 있다고 생각했다.

하나의/복수의 세계가 여기에 있도다

세계를 공空으로 본 불교 세계관은 순간에서 연기적 계기를 보며, 우주의 영고성쇠와 생명의 희로애락을 본다. 공空은 '없음'이 아니라 '있음'의 무한한 역동성이다. 인간의 삶이 이 안에 포함되지 않을 리 없다. '인생이 찰나처럼 지나간다'라는 말을 흔히 쓰거니와, 불교적 사유의 영향이 크게 느껴지는 김만중의 고전소설 『구운몽』도 이러한 시간관에서 나왔다. 연화도량에서 도를 닦던 성진이 양소유로 세상에 태어나 오욕칠정을 겪는 삶의 전 생애가 실은 찰나였던 것이다. 시간의 변증법이라는 관점에서 보자면 이 소설의 주제는 인생의 무상함에 각성을 촉구하는 것이 아니라, 오히려 찰나에 깃든 영겁, 순간에 깃든 영원에 관한 성찰이라고 뒤집어 읽을 수 있다. 우리는 꿈에서 깨고 난 뒤에야 꿈이었음을 각성하지만, 깨기 전에는 그것이 꿈임을 알지 못하며, 꿈속 우리는 그것대로 한 생을 살고 있는 것이 아닌가. 그래서 양소유에서 성진으로 돌아와 꿈을 깬 연화도량의 수도자가 '스승이 자신으로 하여금 꿈을 꿈으로써 깨닫게 한 것이다'라고 스승에게 깨달음을 얘기했더니, 오히려 꿈을 운운하는 것을 보니 꿈과 실재를 구분하려 하고, 아직도 꿈에서 깨지 못했다고 스승이 성진을 혼내지 않았겠는가.

이 소설에 녹아 있는 궁극적 질문은 '인생은 꿈이다'가 아니라, 꿈과 꿈 밖 현실을 구분하는 관념의 이분법에 대한 일갈이다. 표면과 내부, 현상과 실재, 현세와 내세, 사바세계와 서방정토, 찰나와 영원을 구분하는 이분법. 히포크라테스는 '인생은 짧고 배워야 할 기술(techne, 예술)은 길다'고 했지만, 기술을 출현시키는 것이 순간의 체험이며, 그 인생을 내포하는 작업이 기술(예술)이다. '순간'은 짧지만 시간의 평면에는 우주적 계기와 사물 세계의 인연이 깃들어 있다.

양소유에게 인생의 오욕칠정을, 연화도량 승려 성진에게 현묘한 각성을 부여한 찰나는 도시인에게는 다른 방식의 상처를 남기기도 한다. 보들레르는 한 편의 시로 찰나가 암시하는 현대성을 다음과 같이 보여준 바 있다.

거리는 내 주위에서 귀가 멍멍하게 아우성치고 있었다.
갖춘 상복, 장중한 고통에 싸여, 후리후리하고 날씬한
여인이 지나갔다. 화사한 한쪽 손으로
꽃무늬 주름장식 치맛자락을 살풋 들어 흔들며,

날렵하고 의젓하게, 조각 같은 그 다리로.

나는 마셨다. 얼빠진 사람처럼 경련하며,

태풍이 싹트는 창백한 하늘, 그녀의 눈에서,

얼을 빼는 감미로움과 애를 태우는 쾌락을.

한 줄기 번갯불…… 그리고는 어둠!―그 눈길로 홀연

나를 되살렸던, 종적 없는 미인이여,

영원에서밖에는 나는 그대를 다시 보지 못하려가?

저 세상에서, 아득히 먼! 너무 늦게! 아마도 영영!

그대 사라진 곳 내 모르고, 내 가는 곳 그대 알지 못하기에,

오 내가 사랑했었을 그대, 오 그것을 알고 있던 그대여!

　　　　　　　　　　―샤를 피에르 보들레르, 「지나가는 여인에게」 전문

　도시를 걷는 일은 새소리를 들으며 숲길을 걷거나 농촌의
마을길을 걷는 일과는 다르다. 어제의 꽃과 새소리와 이웃들
은 오늘도 내일도 보고 들을 수 있지만, 도시의 걷기는 군중
의 대규모 무정부주의적인 흐름에 묻혀 그와 하나가 되는 일이
다. 보들레르는 『현대 생활의 화가』라는 글에서 이 군중의 무
정부주의적 흐름을 '도시적 현대'의 핵심이라고 얘기했다. 거리
가 "내 주위에서 귀가 멍멍하게 아우성치고 있"는 까닭은 익명

성과 일회성의 부딪힘으로 이루어진 군중의 거리, 바로 '현대성'의 무정부주의적 흐름이 촉발하는 감각의 혼돈 때문이다. 이 감각은 한 사람을 정서적으로 과잉시키는 요소이며, 과잉 상태에서 화자도 예외일 수 없다. 그 거리에서 '날씬한 여인'이 내 곁을 '잠깐' 스쳐지나간다. '찰나'다. 그런데 나는 이 순간에 까마득한 허방을 경험한다. 그녀의 눈에서 "얼을 빼는 감미로움과 애를 태우는 쾌락"을 감지했기 때문이다. "한 줄기 번갯불"은 찰나의 시간인 동시에 찰나가 촉발한 감각적 경이의 강렬함을 표현하고 있다. 나의 시선이 그녀의 눈에서 "태풍이 싹트는 창백한 하늘"을 보았을 때, 두 시선은 서로 아주 짧은 시간 교차했을 것이며, 이 하늘은 그녀가 내 눈에서 본 세계일 수도 있을 터다. 인생의 태풍을 예비한 이 하늘은 순간에 담긴 아직 오지 않은 시간이며, 찰나에 담긴 영원의 시간이다.

그러나 영원이 담긴 이 순간 뒤에 "그리고는 어둠!"이 찾아온다. 나를 살아 있게 한 그녀가 어디에서도 다시 만날 길 없는 "종적 없는 미인"이 되었으므로. "그대 사라진 곳 내 모르고, 내 가는 곳 그대 알지 못하"는 도시적 익명성과 일회성, 현대적 무질서는 "내가 사랑했었을 그대"를 어둠 속으로 사라지게 한다. "저 세상에서, 아득히 먼" 곳에서나 가능할 재회는

"영원에서밖에" 가능하지 않은 내생來生의 소망으로 남는다. 번 갯불의 번쩍임과 어둠의 아득함은 순식간에 교차된 만남과 이별의 드라마, 존재의 서사가 스민 찰나적 감각의 깊이를 표현한다. 이 찰나는 현대 도시인에게는 아득한 신비이자 그 자신도 기억하지 못하는 무의식 속 예민한 상처로 존재 어딘가에 깊숙이 남는다.

책을 읽는 시간

: 독자는 그 시간 어디에 있는가

책은 정말 쓸모가 있는가

쓸모의 관점에서 보자면 책에는 세 가지 종류가 있다. 새로운 사실을 알려주는 책, 알고 있던 사실의 부정확함을 교정해주는 책, 알고 있던 지식을 다시 한번 정리해주는 책. 세 가지 책은 조금씩 다른 성격을 띠지만 책을 고정된 지식꾸러미로 간주하고 있다는 점에서는 동일하다. 이런 이해 지반에서 책은 명사형 물건이다. 책은 이미 완료된 사물이며, 독자는 그 사물로써 지식을 습득한다. 여기에서 책은 글자들이 인쇄된 사각형의 종이 묶음으로서, 책상 위에 놓이는 식으로 특정 공간을 점유한 물건이다. 책은 들고 다니며 필요할 때마다 꺼내 볼 수 있다. 이때 책은 내 손에 있고, 내용을 취사선택할 수 있는 사실들의 목록이며, 현실의 삶에 유익한 무언가를 주는 것처럼 보인다.

어른들은 아이에게 책을 읽으라고 권한다. 책은 좋은 물건이라는 검증되지 않은 전래의 믿음은 어디에서 근거하는가. 책이 가져다주리라 여겨지는 현실적 유용성을 신뢰하기 때문이 아닐까. 그런 점에서 보면 책도 현실의 삶을 구성하는 하나의 도구다.

그런데 책은 정말 도구인가. 분명히 어떤 쓸모를 지니고 있을 테니 도구일 것이다. 그러나 여기에서 책의 '쓸모'란 정확히 무슨 뜻일까. 책의 쓸모가 정말 쓸모일까 묻는다면 과연 명쾌한 대답이 제시될 수 있을까.

책상 위에 책 한 권이 놓여 있다고 치자. 당연히 우리는 책이 책상 위에 '놓여 있다'는 사실을 눈으로 확인할 수 있으리라. 책을 완결된 지식의 종이 묶음, 하나의 소유물, 물질성을 소비하는 물건이라고 본다면 이 사실에는 의심의 여지가 없다.

하지만 책이 다른 도구들처럼 규정된 목적을 실현하기 위해 출현한 사물이며, 그 책을 소유한 사람이 자기 필요에 따라 소비할 수 있는 물건일까.

'소비'라는 말을 먼저 생각해보자. 물건을 소비하기 위해서는 우선 물건이 현실의 필요성을 충족시킬 가능성을 가지고 있어야 한다. 이 필요가 내 의지로 조정되고 제어될 수 있어야 함은 물론이다. 나아가 '만족스러운 소비'가 가능하려면 그것이 지닌 가능성(기능성)이 소비자에 의해 남김없이 탕진되어야 한다. 음식을 튀기는 기름을 예로 들어보자. 기름은 음식을 맛있게 튀기기 위해 달궈지고 끓고 결국에는 음식 안으로 스며들어간다. 기름은 음식을 위해, 또는 음식을 만들려고 하는 의지와 필요에 따라 탕진된다. 탕진된 기름에 더이상 쓸모는 남지 않는다. 잉여가 생기지 않았다는 것, 그것은 소비자의 필요를 위해 그 물건을 물건답게 하는 성질이 모두 흡수되었다는 뜻이다.

그렇다면 책이라는 물건을 소비한다는 것이 가능한가. 책의 쓸모를 남김없이 탕진한다는 말이 성립될 수 있는가. 한 권의 독서를 끝낸 뒤 처음 그 책에 기대했던 목적에 부합하는 경험을 당신은 몇 번이나 해보았는가. 오히려 만족스러운 독서란 당신의 기대를 배반하는 새로운 영감과 당혹스러움, 예상치 못한 발견으로 인도하지 않는가. 책이 놓여 있는 '거기'가 어디인가 하는 이상한 질문을 하게 되는 지점도 이즈음이다. 최고의 독서 경험은 독자가 의도했던 최초 목적지를 훌쩍 벗어나서, 오히려 기대를 배반하는 예상치 못한 곳으로 독자를 끌고 가는 책과의 기이한 만남이다. 그제야 당신은 책상 위에 놓인 책이 그 책을 읽고 있는 당신의 물리적 현실이 아닌 다른 곳을 지시하고 있다는 사실을 어렴풋하게 감지하게 된다.

책은 어떤 세계를 가리키고 있는가

성 남쪽에 사는 자기라는 사람이 책상에 기대앉아 하늘을 보고 길게 한숨을 쉬었다. 멍한 모습이 몸과 마음을 모두 잃은 듯하였다.

앞에서 모시던 그의 제자 안성자유가 물었다. "어찌 이럴 수 있습니까? 몸이 마른 나무 같고, 마음이 죽은 재 같지 않습니까? 지금 책상에 기대신 이는 전에 여기 앉아 있던 분이 아닙니다."

자기가 말했다. "언아, 옳은 질문이다. 지금 나는 나를 잃어버렸으니吾喪我, 네 그 뜻을 알겠느냐? 너는 사람이 부는 통소 소리는 들었으되 땅이 부는 통소 소리는 들어보지 못했을 게다. 땅이 부는 소리를 들었대도 하늘이 부는 통소 소리는 듣지 못했을 것이다."

자유가 물었다. "감히 그 듣는 법을 여쭈옵니다."

자기가 답했다. "땅덩어리가 내뿜는 숨을 바람이라 한다. 이것이 불지 않으면 그저 고요하지만 한번 불면 온갖 구멍에서 온갖 소리가 다 난다. 너도 그 윙윙 소리를 들어보았을 게다. 산이 크게 움직이면 큰 나무의 구멍들이 코처럼, 입처럼, 절구처럼, 깊은 웅덩이 또 작은 웅덩이처럼, 각기 제 생긴 대로, 콸콸 물 흐르는 소리, 쌩쌩 화살 나는 소리, 나지막이 나무라는 소리, 가늘게 숨 들이마시는 소리, 외치는 소리, 우짖는 소리, 깊어서 오르는 소리, 새가 조잘대는 소리, 온갖 소리를 다 낸다. 앞에서 가벼이 우우 소리를 내면 뒤에서 우우 소리 내고, 작은 바람 불어오면 가볍게 답하고 큰바람 불어오면 크게 답한다. 그러나 바람이 멎으면 모든 구멍이 고요해진다. 너도 저 나무들이 휘청휘청 구부러지고 살랑살랑 흔들리는 모습을 보았을 게다."

—『장자』에서

책상 '위'에 놓인 『장자』를 집어드는 순간을 생각해보자. 이때 책이 놓인 진정한 공간은 어디인가. 이런 문장들을 독자가 접하는 순간 책은 독자가 살고 있는 현실과는 전혀 다른 세계를 펼쳐낸다. 독서의 시간은 독자의 현실을 공간적으로뿐만 아니라 시간적으로 절단한다. 독자는 책을 선택하지만 책이 그들을 끌고 들어가는 '세계'를 선택할 수는 없다. 선택당하는 것은 책의 문장과 마주한 독자 자신이다. 독자는 책의 세계에 붙들린다. 독자는 즉시 책이 펼쳐낸 세계 안에 붙잡혀 그곳의 시간을 살게 된다. 그 세계를 어디라고 규정지을 수는 없지만 적어도 독자가 지금까지 살던 '현실'이 아니라고 분명히 말할 수는 있다. 책이 끌고 들어간 세계는 독자가 살던 현실과는 '다른 곳'이다. 독서의 시간은 쓸모로 이루어진 생활세계 너머에 있다. 유용성의 관념은 이 시간에는 무용지물이다. 장자가 들려주는 아름드리나무의 구멍들, 제각각 웅덩이에서 들리는 갖가지 우주의 소리들은 쓸모도 쓸모없음도 아닌 세계, 그러니까 '쓸모'라는 관념으로 나누어지지 않는 세계다. 한마디로 도구의 세계가 아니다. 유용성의 기준 너머에 그저 존재하므로 이 세계는 소모되거나 소비될 수 없다. 탕진도 불가능하다. 독자는 이 세계를 '물건'으로 다룰 수 없다. 책의 세계에서 우리는 긍정도 부정도 아닌 '중립적인neutral' 시간에 머물게 되는 특이한 존재 체험을 겪는다.

중립적 시간이야말로 책과 만나는 진정한 시간이다. 우리는 책이 내 손아귀에 있는 물건이 아니며 도구적 유용성을 지닌 소모품이 아님을 비로소 깨닫게 된다. 책을 읽으며 할 수 있는 유일한 일은 세계의 바람을 마주하여 그 소리를 온전히 듣는 일뿐이다. 책을 읽는 시간에 경험할 수 있는 가장 매혹적인 일은 주체성이 무화되는 바로 이 경험이다. 책은 타자의 세계에 끌려들어가는 수동적 시간을 선물처럼 부여한다.

"땅이 부는 퉁소 소리"는 평소에는 "사람이 부는 퉁소 소리"에 가려져 들리지 않는다. 그러나 그 소리는 '없지 않았던 소리'다. '없지 않음'은 없음과 있음의 경계에 존재한다. 없음도 아니지만 온전한 있음도 아니다. 아직 '나타나지' 않았기 때문이다. 그런데 왜 평소에는 "사람이 부는 퉁소 소리"만 들리고 "땅이 부는 퉁소 소리"는 들리지 않는가. 왜 그 소리만 귀에 '나타나는가'. 우리가 사는 현실이 도구 연관, 즉 실용성을 지향하는 세계이기 때문이다. "사람이 부는 퉁소 소리"는 현실 유용성에 접합된 소리이다. 거기에서 의미는 쓸모의 관점으로 나타나고 가치 서열이 매겨진다. 긍정과 부정, 미추의 개념이 여기서 발생한다. "땅이 부는 통소 소리"는 없지 않았으나, 쓸모의 도구 연관에 속하지 않으므로 사람들에게 들리지 않고, 들리지 않는 세계는 아직 나타나지 않은 세계다. 어쩌면 대부분의 사람들에게는 영원히 들리지 않음으로써 앞으로도 나타나지 않을 세계, 그들이 모르는 세계로 남을지도 모른다. 독서의 시간은 있음과 없음 '사이'에서 있음의 잠재성을 현재화한다. 진정한 독서의 시간은 긍정과 부정, 미추 판단 이전 중립적 사물들과 독자를 마주세운다. 이 특이한 시간 체험은 그래서 낯설다.

'나'를 잃어버리는, 어디에도 없는

그러므로 독서의 시간에서 가장 본질적인 문제는 어떻게 이 중립적 경험 지대로 진입할 수 있을까 하는 것이다. 장자가 자기 입으로 말하는 이 장면은 독서 체험에 대한 메타포로도 읽힌다. 이런 시각에서 가장 중요한 독서 전략은 "땅이 부는 통소 소리"를 듣기 위해 "나는 나를 잃어버"리는吾喪我 일이다. 책을 집어든 자의 주관, 즉 완강한 자아를 누그러뜨리고 책 속 사물들, 인간들, 갖가지 타자들에 나는 개방된다. 타자의 소리는 완고한 주관성을 누그러뜨려야 들린다. 다시 말해서 다른 체험의 장으로 진입하는 데에 가장 큰 장벽은 주관성이다. 참다운 독서 시간은 지식을 습득해 '나'를 단단하게 쌓는 시간이 아니다. 오히려 '나'는 책을 통해 해체되고, 의지와 필요, 이해관계나 판단과 무관하게 존재하는 어떤 사실을 받아들일 수밖에 없다. 이 시간에 '나'는 '너'도 아닌 '중성적인/중립적인' '그것'이 된다. 1인칭도 2인칭도 아닌, 사람도 사람이 아닌 것도 아닌 다른 시간 속 비인칭 존재.

이러한 시간 체험은 쓸모 연관의 세계가 전부가 아니며 세계의 진상도 아니라는 사실을 각성시킨다. 없지는 않으나 나타나지 않은 세계가 어딘가에 '있다'는 것을 경험하는 시간, 어쩌면 그 세계가 훨씬 더 넓고 클 수도 있다는 사실을 고지받는 매혹의 경험이 책을 읽는 시간이다. 『장자』에서는 그것을 '아무것도 없는 땅' 또는 '어디에도 없는 땅', 무하유지향無何有之鄕이라고 했다. 엄밀한 의미에서 이 땅은 이상향도 이상향이 아닌 세계도 아닌 '그저 있는' 세계일 뿐이다. 모리스 블랑쇼가 문학에 대해 했던 얘기를 이러한 독서 체험에 적용해보자면 이렇게 표현할 수도 있겠다. 책을 읽는 시간은 몽상도, 진실 묘사도, 건설도, 구원을 꿈꾸는 시간도 아니다. 책은 대안적인 차원에서 현실을 대체할 수 있는 또다른 세계가 있음을 주장하지도 않는다. 책은 여기와는 다른 방식으로 그저 존재할 뿐인 어떤 세계를 드러낸다. 그런 방식으로 책은 희망을 원한다. 희망의 메시지를 직접 전달하는 게 아니라 우리를 어떠한 절망에도 만족하지 못하게 하는 방식이다. 책은 '무하유지향'을 통해 우리가 알고 있고 생활하는 현실이 존재의 유일한 현실이 아니라는 사실을 드러낸다.

책은 지금 독자의 현실에서 판단하고 추측하거나 계획할 수 있는 유용성을 넘어선 곳을 지시하기도 하므로, 우리가 원하는 가나안 쪽을 향해 있다고 할 수도 없다. 차라리 예수가 시험받던 광야, 알려지지 않은 사막으로 열려 있다고 해야 하지 않을까. 사막이다. 쓸모를 지시하지 않는 세계라는 점에서 그곳은 거주의 조건이 상실된 곳이며 누구의 이해도 쉽게 허락되지 않는 의미와 가치의 유배지일 수 있다. 책을 읽는 시간은 그렇게 희망 없는 시간에 희망을 거는 기이한 시간 체험이다.

전염병이 창궐할 때
: '엔딩'이라는 시간의 뚜껑이 열릴 때

우주의 사슬과 죄

자연의 온갖 사물이 서로 조응하던 시절이 있었다. 바다는 하늘을 비추고, 은하수는 대지의 천장이었으며, 꽃들은 들판의 표정이었다. 사슴의 뿔과 숲의 나무와 거북의 등딱지가 동류의 무늬였던 그 세계에서는 창공의 별자리도 지상 무늬의 변형이었다. 사람 역시 우주 사슬의 일부였다. 사람의 동공이 창공의 창이었으며, 몸은 음양과 오행의 세계 운행을 압축하고 있는 소우주였다. 종종 인간의 목소리 중 우주의 목소리를 매개하는 것들이 있었으며, 문자는 우주의 모양을 본떠서 만들어졌다. 자연과 사람이 하나의 존재 사슬로 묶여서 고리 하나를 흔들면 만상이 함께 흔들렸다. 존재의 한 기미는 우주의 현재 상태를 알리는 징조였다(미셸 푸코, 『말과 사물』).

이런 세계에서 인간 공동체를 휩쓰는 전염병은 존재의 이상 증후가 된다. 전염병은 인간계를 넘어 자연과 우주가 오염되었음을 암시한다. 그것은 우주의 질서가 궤도에서 이탈한 증상이다. 전염병은 가뭄 같은 자연의 불모성과 불임 같은 인간계의 수난을 동반한다. 공동체에 창궐하는 전염병은 인간 삶이 신의 궤도에서 이탈한 죄를 묻는 증거다. 속수무책으로 전염병이 창궐하는 시간은 인간 역시 이 궤도 안에 있다는 사실을 각성하게 한다. 인간은 비로소 '죄'의 연루를 자문한다.

기원전 5세기에 쓰인 소포클레스의 비극 「오이디푸스왕」은 도시에 창궐한 전염병 상황에서 시작되는 드라마다.

> 당신도 보시듯 이 도시는 폭풍우를 만나 뒤흔들려, 굽이치는 죽음의 파도 속에서 제 머리를 들지 못하고 있습니다. 결실에 이를 이삭에도, 목장에서 풀을 뜯는 소떼에도, 부인들의 산고에도 죽음이 드리우고 있습니다. 더구나 불

타는 횃불을 든 신, 사악한 역병이 도시를 덮치니 카드모스의 집은 빈집이 되어가고 하데스의 어두운 땅은 신음과 눈물로 가득합니다.

—소포클레스, 「오이디푸스왕」에서

"불타는 횃불을 든 신"이 보낸 "사악한 역병"은 "결실에 이를 이삭" "목장에서 풀을 뜯는 소떼" "부인들의 산고"와 더불어 도시를 덮친다. 공동체를 뒤덮은 "죽음의 파도"에는 자연도 예외가 없다. 전염병이란 순리에서 이탈을 뜻하는 우주적 표지이기 때문이다. 모든 것들은 존재 사슬로 묶여 있기에 동시에 흔들리고 함께 파탄을 맞는다. 이토록 심각한 죄의 표지가 연루된 자를 찾아 신속한 처벌을 요구하는 것은 당연하다. 우주의 법이 회복될 수 있는 수준의 숭고한 희생 제의가 필요한 것이다.

이 드라마에서 죄의 원천은 오이디푸스왕이다. 친부 살해와 근친상간은 모두 생명의 질서를 거스르는 우주적 죄였다. 공동체 법의 상징이자 신의 뜻을 대리하는 왕이 법을 교란하고 오염시킨 것이다. 그의 행위는 세계의 순리에 역행한다. 반전은 이 드라마가 자연과 공동체의 불모성을 극복하는 계기를 매우 인간적인 방식으로 성취하는 장면이다. 이 드라마에서 죄는 자발적으로 처벌된다. 군중이 왕에게 책임을 묻기도 전이라는 점에서 이 처벌은 전염병이라는 정치적 메타포를 한 인간의 실존적 결단이라는 차원으로 돌려세운다. 아리스토텔레스가 '영웅적'이라고 치켜세운 비극적 위대함도 바로 이것이었다. 신이 만들어놓은 친부 살해와 근친상간이라는 운명은 인간의 비극조차도 우주의 일부라는 고대 숙명론을 의미하는데, 오이디푸스의 자기 처벌은 오히려 신이 만들어놓은 운명으로부터 인간 해방을 뜻한다. 신이 미리 써놓은 각본이 완성되어가는 마지막 무대에서 한 인간의 고유한 실천이 신들도 예상하지 못했던 새로운 방향으로 각본을 바꿔버린다. 인간 공동체는 이 처벌로 다시 생명의 궤도에 복귀하겠지만, 회복된 질서는 더이상 신이 주관하는 것일 수 없다. 인간의 영웅적 결단에 의해 회복된 세계에는 '인간의 시간'이 도래할 것이다. 그런 점에서 전염병이 창궐하는 시간은 신이 써놓은 각본을 인간이 제 방식으로 상연하는 변증법적 드라마다. 휴머니즘의 탄생을 예비하는 시간이기도 하다.

반항의 시간

카뮈는 소설 『페스트』에서 가공할 전염병이 휩쓸고 있는 현대 도시를 몇 가지 차원의 시간 경험으로 보여주고 있다. 전염병의 창궐은 도시 폐쇄라는 행정명령을 불러온다. 전염병의 확산을 막기 위해 행정은 치안 권력으로 바뀌며, 우선 특정한 도시를 철저히 고립시킨다. 이 반응은 기계적이다. 재난에 대응하는 행정 매뉴얼이기 때문이다. 그것은 공간적으로뿐만 아니라 닫힌 시간성으로도 경험된다. 죽음이라는 정해진 시간성 외에 다른 가능성이 보이지 않으므로. 질식 상태인 도시의 모습은 내부에 갇힌 사람들에게 세계의 불가항력적인 힘을 인식하게 한다. 전염병은 사람들에게 그들의 시간이 죽음만을 향해 있다고 얘기하는 것처럼 보인다. 폐쇄된 도시의 누구도 이 방향성에 저항할 수 없다. 전염병의 시간은 재난의 느닷없음과 불가항력, 예외 없음과 전면성으로 주체의 무력을 드러내면서 비현실적 형이상학을 마주하게 한다. 이 형이상학의 내용은 '부조리'다. 자신을 대신하여 먼저 힘없이 쓰러져가는 병든 육신들의 행렬을 지켜보면서, 제 죽음이 임박한 환영을 여기저기에서 목격하는 공포의 시간인 것이다.

이런 시간에는 인간성에 내재한 다양한 얼굴들이 드러난다. 갑작스러운 재앙에서 신의 뜻과 인간의 죄를 고지하는 사람이 있는가 하면 혼란을 틈타 제 이익을 챙기는 자들이 있다. 후자에게는 재난이 기회가 된다. 필사적으로 재앙을 피해 도망하려는 이가 있으며 숙명으로 받아들이는 사람도 있다. 재난이 파생시키는 또다른 인공적 재난에 타인을 비난함으로써 책임을 탕감받으려는 이들도 있다. 초월과 회피와 자포자기와 이기심과 야만과 제사장의 얼굴이 한꺼번에 실체를 드러내고 공존하는 때가 전염병이 창궐하는 시간이다. 이때 도시는 온갖 인간성의 전시장이다.

　그럼에도 불구하고 이 시간은 또다른 인간성을 확인하게 한다. 무력하기 이를 데 없어 보이는 목숨들이 힘을 합쳐 죽음에 맞서 싸우는 것이다. 이는 우선 인간의 연대로 보이지만, 죽음에 맞서는 생명, 무한자에 맞서는 유한자의 '반항'이라고 할 수도 있다. 카뮈는 소설 속에서 이 태도를 이미 창조된 세계를 거부하고 투쟁함으로써 진리의 길을 걸어가는 윤리라고 표현했다. 이 반항이란 부조리한 세계에 맞서는 인간의 항의다. 전염병의 직접적이고 자연적인 결과인 죽음뿐만 아니라, 이 상황이 초래한 공동체의 야만, 예컨대 비겁한 인간성과 집단 광기,

도시를 뒤덮은 온갖 과잉에 대한 저항이기도 하다.

그러므로 이 반항은 전염병의 시간을 두 가지 차원에서 인간의 시간으로 바꾸어놓는다. 전염병이 초래한 여러 인간 양상과 마주한 저항인 동시에 신이 창조한 무한성과 부조리한 세계에 저항하는 인간의 싸움이다. 카뮈에게 전염병이 창궐하는 시간은 '나는 반항한다, 고로 우리는 존재한다'(『반항하는 인간』)라는 명제가 도출되는 철학적 시간이었다. 그럼에도 불구하고 이 반항의 연대기가 승리를 확신하는 시간이 아니었음을 강조해야겠다. 카뮈에게 이 저항은 부조리 자체를 제거할 수 있다는 확신이 아니라, 재앙에 임하여 성자가 될 수도 없고 재앙을 용납할 수도 없기에 의사가 되겠다고 노력하는 사람들의 증언 같은 시간이었다.

방제복의 폭력

김성수 감독의 영화 〈감기〉(2013)에서 분당은 페스트로 폐쇄된 프랑스의 오랑시와는 다른 차원에서 전염병의 현대적 이미지를 제시한다. 이 시간의 본질은 방제복을 통해 간명하게 드러난다. 도시는 방제복을 입은 정부군에 의해 통제되고 완전히 장악된다. 방제복이라는 낯선 옷은 오염된 사람과 그렇지 않은 사람을 구분하는 표지다. 보이지 않는 바이러스의 침투를 완강하게 막아내는 방어막인 동시에, 방제복을 입지 않은 이들이 구제될 수 없으며 제거되고 폐기되어야 할 '오염물'임을 보여준다. 방제복을 입은 이들은 예외 없이 오염물의 제거에 일사불란하고 완강한 폭력을 행사한다. 국가를 지키기 위해 대상을 선별하고 분리하며 배제한다. 방제복을 입은 모습은 외계인처럼 낯설다. 그들은 얼굴을 보이지 않으며 말도 하지 않는다. 기계처럼 자동적이며 물건처럼 반응이 없다. 의사지만 환자 치료가 아니라 오염물을 분리하고 폐기하기 위해서, 군인이지만 시민 보호가 아니라 그들을 통제하고 살처분하기 위해 투입된다.

카뮈의 시대보다 의료 기술이 현저히 발달한 21세기에 전염병은 다른 방식의 부조리를 드러낸다. 부조리는 자연-신의 형이상학이 아니라 전염병을 진단하는 과학 지식-의료 기술이며, 이 지식과 결부된 완강한 행정 권력의 최종심급은 '국가'라는 통제 기계. 영화에서 전염병의 창궐은 언제나 어떤 도시든 간에 사실상 계엄 상태에 들어갈 수 있음을 보여준다. 그것은 한 국가에서 헌법 원리가 중지되는 시간이며, 시민권에 예외가 발생하는 시간이고, 시민-인간이 폐기되어야 할 오염물로 순식간에 추락하는 시간이다. 영화 같은 비현실적인 일이 실제로 일어날 수 있는 시간이 바로 이때다. 방제복은 과학기술 문명의 무도함, 법의 허울과 국가 폭력을 동시에 상기시킨다. 여기에서 정말 공포스러운 것은 전염병이 아니라 국가이며, 합리성으로 조직되고 규제되고 있다고 믿었던 국가 제도의 어처구니없음이다. 비상사태에 처한 문명은 지나치게 무력하며, 제도로서 국가는 맹목적일 만큼 냉혹하고 무자비하다. 카뮈에게 전염병의 시간은 우주의 부조리와 그에 반항하는 인간의 윤리를 드러내는 철학적 시간이었다. 하지만 미심쩍은 신종 바이러스의 확산으로 방제복이 도시 전면에 등장할 때, 부조리는 국가라는 폭력 기구로 예상치 못한 현대적 얼굴을 드러낸다.

좀비, 문명의 끝

14세기 중반 절정에 달해 유라시아 대륙을 휩쓸었던 페스트는 유럽 인구의 30~60퍼센트를 죽였다. 최소 7천5백만에서 최대 2억 명 정도가 죽은 것으로 추측된다. 14세기 이전 4억 5천만 명 정도였던 세계 인구가 페스트 이전 수준으로 회복되는 것은 17세기가 되어서의 일이었다. 아메리카 대륙에서는 발달된 문명을 구가하던 잉카와 아즈텍이 불과 수백 명 수준의 유럽인에게 정복당하는데, 이때 결정적인 영향을 미친 것은 천연두라는 전염병이었다. 불과 몇 달 만에 당시 아메리카 인구의 90퍼센트 이상이 죽었다고 한다. 전염병이 도는 동안에 사람들은 문명의 종말을 예감하며, 실제로 어떤 문명은 종말을 고했다. 구대륙 옛 문명의 종말은 유럽인이 아니라 유럽에서 건너온 전염병(바이러스)에 의한 것이었다. 그 문명에 속한 이들에게는 세상의 종말과 다르지 않았다.

재난영화 중 좀비 영화가 끊이지 않는 것은 문명의 발달에도 불구하고 언제나 이 문명이 간단하고 빠르게 '완전히' 끝날 수도 있다는 불안 때문이다. 인류의 멸종에 대한 불안은 예전에는 핵전쟁 같은 것으로 예감되었는데, 최근에 이보다 더 자주 이용되는 모티프가 '좀비 바이러스'다. 핵전쟁의 상황도 끔찍하지만 죽어도 죽지 못하는 유령도시의 상황은 더 기괴한 풍경을 자아낸다.

맥스 브룩스의 소설 『세계대전 Z』를 각색한 영화 〈월드워

Z〉(2013)에서는 피를 흘리고 신체를 제어하지 못하며 정신이 없는 상태에서 산 자들을 향해 돌진하는 좀비가, 무산소 상태와 심해 수압을 견디고 고농도 방사능에도 끄떡없으며, 멀리 떨어진 곳에서도 소리를 듣고, 벽을 기어오르고, 마침내 국경까지 넘어가며 엄청난 속도의 달리기 실력을 보여준다. 맹목적이고 강력하며 대단히 빠른 확산성을 지닌 좀비 자체가 전염병의 물리적 현신임을 암시한다. 일단 좀비가 나타나면 도시 전체가 좀비로 변한다. 한 좀비가 출현한 도시에는 다른 가능성 없이 좀비화라는, 한 방향으로 닫힌 시간성만 남는다. 한 도시의 오염은 다른 도시로 확산되며 한 지역에서 다른 지역으로 한 대륙에서 다른 대륙으로 번져간다. 그 끝은 문명론적 종말이다. 이는 사회 위기, 경제 위기나 국가 몰락 따위와는 전혀 다른 함의를 지닌다. 종말은 인간 자체의 '엔딩'을 뜻한다. 시간의 끝이라는 말이다. 이 영화에서 국가 단위를 넘어서 속수무책의 UN이나 WHO가 등장하는 것도 이 때문이다.

국제적으로 흥행하는 좀비 영화는 유행만큼이나 전염병이라는 모티프가 지닌 설득력이 '세계적'임을 보여준다. 인간의 평균 기대수명이 백 살이 되고 인간 지능에 육박하는 인공 생명체가 등장하는 시대다. 지식 축적으로 무한한 진보와 진화가 가능하다고 생각했던 유럽 계몽주의는 두 차례의 세계대전을 겪은 후에 거의 소멸된 것으로 보였으나, 디지털 데이터 경제의 출현과 바이오테크놀로지의 진화는 계몽주의를 부활시키며 정점을 향해 가고 있다. 진보-진화란 시간의 낙관주의적 축적과 질주를 뜻한다.

그러나 문명은 때로는 지나치게 허약하고 보잘것없어서, 새가 앓는 독감, 쥐의 똥, 가벼운 호흡기 질환을 통해서도 순식간에 절멸할 수 있음을 인간은 직감하고 있다. 주기적으로 전염병이 창궐할 때 인간은 자신들이 만든 인공적 시간이 느닷없이 허망한 엔딩으로 마감할 수도 있다는 불안을 느낀다. 이는 실체가 없는 망상이나 과장이 아니라 실체가 있음에도 불구하고 명확히 확인할 수 없는 인간적 무력감의 산물이다. 그럼 점에서 전염병의 시간은 존재가, 즉 압도적인 '실재the real'가 문명에 고지되는 시간이기도 하다. 잉카나 아즈텍의 원주민들은 이 시간을 '신의 손길'이 나타난 시간이라고 여겼다.

팬데믹이라는 신세계

그리고 결국 우리는 이 신의 손길을 목격한다. 그 어떤 재난영화, 어떤 전쟁 상황보다 놀라운 풍경이 2019년 말 나타났다. 중국에서 발생한 코로나19의 전 세계적 대유행. 역사상 세번째 이루어진 팬데믹은 인류가 지구상에 출현한 이래 본 적이 없는 최초 최대의 '지구적' 사건이다. 전염병의 유행은 개도국과 선진국을 구분하지 않았으며, 대륙을 가리지 않았고, 인종과 세대를 넘어 보편성과 평등성을 드러냈다. 신의 손길은 오히려 미국과 유럽을 중심으로 한 현대 선진 국가들을 '조용하게' 초토화시켰다. 맨해튼이 봉쇄되었고 유럽 도시들이 거대한 카타콤이 되었다. 전 세계 도시의 거리, 국경 간 이동이 금지되었고 물류가 중단되거나 큰 저항에 직면해 있다. '글로벌 시대'는 완전히 멈추었다. 자본, 여행, 노동력, 시민권의 국경 확장 및 해방은 더이상 오지 않는다. 일상에서도 인간은 자유롭게 모일수 없다. 계층과 남녀노소를 막론하고 종교와 정치와 놀이와 학문적 집회조차도 엄격히 제한되는 시대가 문명사에 있었던가. '인간의 시대'로 되돌아갈 수 없음을 누구나 안다.

뭉치면 살고 흩어지면 죽는 것이 아니라 뭉치면 죽고 흩어져야, 그것도 가급적 '혼자'여야 살 수 있는 세계가 등장했다. 가족도 위험하다. 정치철학자 슬라보예 지젝은 요한복음을 인용하여 '나를 만지지 마라'라는 예수의 말로 이 상황을 압축했다. 이것은 진보 관념의 몰락이요, 휴머니즘의 몰락을 뜻한다. 연대, 공동체, 커뮤니티로 이루어지는 다양한 유토피아는 가능하지도 바람직하지도 않다. 만인의 만인 투쟁 이전에, 만인의 만인에 대한 불안이다. 팬데믹 시대의 근본은 의심과 불안이다. 누구도 믿을 수 없고 누구도 안전하지 않으며 모두가 위험하다. 인간의 손이 닿은 물건, 인간이 호흡했던 모든 공간이 잠재적 바이러스 공간이다.

그러나 이 인간 시대의 종말 징후는 인간에게 진정한 '지구적 관점'을 혹독하게 질문한다는 점에서 신적인 것이 임재하는 시간이라고 여기는 이들도 적지 않다. 팬데믹 이후 히말라야 풍경을 도시에서도 볼 수 있을 정도로 공기가 깨끗해지고, 인간의 이동을 제한하자 도시 하천에서 사라졌던 물고기들이 다시 나타나고 있다는 세계 곳곳의 보고들이 이런 인식을 뒷받침하고 있다. 즉 인본주의는 생명주의가 아니며 지구주의가 아니다. 지금까지의 인본주의야말로 반생명적이었음을 각성하는 시간. 예컨대 우리는 〈지구가 멈추는 날〉(2008) 같은 SF영화에서 나타났던 관점을 인지하게 된 것이다. 〈지구가 멈추는 날〉은 외계인의 지구 침공을 다룬 SF영화다. 외계인 클라투는 지구를 대표하는 미국 국방부 장관과 다음과 같은 대화를 나눈다.

> **장관** 왜 우리 행성에 왔습니까?
> **클라투** 당신네 행성?
> **장관** 에. 여기는 우리 행성입니다.
> **클라투** 아니. 그렇지 않습니다.
>
> **장관** 당신은 우리의 친구인가요?
> **클라투** 나는 지구의 친구입니다.

해리 베이츠의 단편소설 「페어웰 투 더 마스터」를 영화화한 이 작품은 '인간의 친구'와 '지구의 친구'가 같은 뜻이 아니며 지구가 인간의 소유물이 아니라는 인식을 보여준다. 인간 문명에 의해 위기에 처한 지구를 구원하려는 외계인의 목적은 '인간 침공'이지 '지구 침공'이 아니다. 팬데믹의 시간, 그것은 휴머니즘의 종언이 각성되고 선언되는 시간이다. 그러나 이 시간은 문명의 종언일 뿐 지구의 종언과는 아무런 상관이 없다.

유령이 되돌아오는 시간
: The time is out of joint

공동체의 빛

햄릿 (······) 가장 필요할 때에 은총과 자비가 도울지니,
맹세하라.

유령 맹세하라.

(그들이 맹세한다.)

햄릿 쉬어라, 쉬어, 불안한 영혼이여! 그리하여,
모든 사랑 다해 그대들에게 나를 맡긴다.
이 햄릿이 보잘것없는 이라 해도,
그대들을 향한 사랑과 우정은,

신의 뜻대로, 부족함이 없을지니. 우리 함께 가세.

손가락은 계속 입술에 두게, 부탁일세.

어긋난 시대, 오, 저주스러운 일,

그것을 바로잡으려고 내가 태어났다니!

아닐세, 자, 우리 함께 가지.

—윌리엄 셰익스피어, 『햄릿』에서

셰익스피어의 비극 『햄릿』은 유령에 관한 드라마다. 유령은 드라마의 처음부터 무대에 나타나 수시로 출몰한다. '되돌아오는 것revenant', 이를 프랑스어로 '유령'이라고 부른다.

유령을 보는 이는 왕자 햄릿 한 명이 아니다. 많은 이가 목격한다는 사실은 공동존재로서 유령의 정체성을 암시한다. 유령이 여러 사람에게 할말이 있다는 뜻이다. 즉 유령의 출현은 공동체에 대한 호소다. 그러나 여러 사람에게 목격되었다고 해도 모두 유령의 말을 알아듣지는 못한다. 누구나 유령과 마주할 수는 있으나 아무나 유령의 말을 알아들을 수는 없다. 말을 알아듣지 못하는 것은 유령의 소리가 들리지 않아서인가. 유령의 호소에 공동체가 조응하지 못하기 때문은 아닌가. 유령과 공동체 사이 불통은 유령에게 공동체가 진 '빚'과 관련이 있다.

예컨대 한국의 귀신을 보자. 귀신도 되돌아온다. 그래서 귀신歸神이기도 하다. 저승(저생)으로 가지 못해서 되돌아오는 존재로서 귀신은 억울한 사연을 가지고 있다. 이승(이생)이 좋아서가 아니라 억울해서 눈을 못 감는다. 이는 살아생전 공동체의 억압과 관련이 있다.

한국 귀신 대부분이 여자라는 점을 생각해보자. 여자들이야말로 전통사회에서 공동체의 희생양이었다. 아버지에게 순종하고, 남편을 따르고, 가문을 위해 희생하면서 공동체의 기율에 복무했으나 공동체는 그들에게 감사하지 않는다. 전통사회의 귀신만 그러한가. 한국에서 지금도 괴담이 번성하는 가장 대표적인 장소가 '여고'라는 사실은 무엇을 뜻하나. 아이, 여자, 학생이 사회의 억압을 응축하고 있기 때문이 아닌가. 귀신이 되돌아오는 시간이 밤인 것은 밤이 '무서운 시간'이라서가 아니다. 밤은 공동체가 잠들어 낮(산 자들의 생활세계)의 기율이 약화되고 '민낯'이 드러나는 시간이기 때문이다.

우리 같이 가세

다시 햄릿 이야기로 돌아오자. 셰익스피어의 비극 『햄릿』에서 유령의 출현은 공동체가 오염된 시간에 있음을 암시한다. 그러나 유령의 말을 알아듣는 유일한 자는 왕자 햄릿이다. 산 자들의 공동체는 그가 신들려 있다고 여긴다. 그러나 유령의 말을 알아듣는 햄릿은 호소에 공감하며, 억울함에 격노하며, 맹세로 유령과 자신의 운명을 연결한다. 햄릿은 유령과 '함께' 맹세를 공유한다. 햄릿-유령은 이제 '함께 존재'가 된다.

맹세는 공동체의 절대적 타자인 유령의 억울한 시간과 주체의 시간을 잇는다. 햄릿의 맹세는 주체의 책임을 미래로 내던지면서 책임질 수 없는 미래의 시간까지 책임지겠다는 비극적 결단을 포함한다. 햄릿과 유령, 산 자와 죽은 자는 맹세로 '우리'가 되고 동지가 된다("우리 함께 가세"). 땅 밑은 유령의 근거지였지만 맹세를 공유하는 햄릿에게는 이제 자기 근거가 된다. 유령과 '함께 존재'가 되기를 맹세한 햄릿의 시간은 땅 위에 있지 않다. 그는 땅 위에 살면서도 땅 밑의 시간에 속하는 자다. 산 자들의 시간이 아니라 죽은 자들의 시간을 (대신) 산다. "To be or not to be, that is the question"이라는 유명한 질문은 이런 점에서 '죽느냐 사느냐'에 관한 질문이 아니라, 육신의 근거를 산 자들의 세계인 이승에 두면서도 영혼의 근거를 죽은 자의 세계인 저승에 둘 수밖에 없는 햄릿의 분열증적 질문이라고 할 수 있겠다.

이 질문은 결국 '되돌아오는 것'으로서 유령의 분열증적 정체성을 드러낸다. 되돌아올 수밖에 없는, 되돌아와야만 하는 유령. 되돌아올 수밖에 없다는 '사실'의 문제는 되돌아와야만 하는 '당위'로 상승한다. 존재의 문제는 윤리의 문제로 전환된다. 왜 되돌아오는가. 시간이 이음매에서 어긋나 있기The time is out of joint 때문이다. 이음매에서 어긋난 시간을 바로잡는 것, 어긋남을 정상으로 복귀시키는 것, 시간을 본래 궤도로 귀환시키는 것. 극에서는 이를 "그것을 바로잡으려고 내가 태어났다"라는 대사로 말한다. '함께 존재'로서 햄릿-유령에게 시간의 정상 복귀는 이루어야 할 소명이다.

햄릿은 이 소명을 "사랑과 우정"의 윤리, "신의 뜻"이라고 말한다. 신이 원하는 사랑과 우정의 윤리, 신적인 시간의 복귀 또는 정상으로 전환되는 시간이란, 곧 메시아적인 시간이다. 그러나 이는 유령에 의해 암시되고, 유령에 신들린 자의 목소리로 발설되기에 산 자들의 현실에서는 이해할 수도 수락할 수도 없는 시간이다.

사물thing의 윤리

철학자 데리다에 따르면 이 유령은 뼈와 살이 없으므로 보이지 않는 '것'이며, 그런 점에서 '사물'이라고밖에 표현할 수 없다(『마르크스의 유령들』). 존재하지만 지각되지 않고, 산 것도 죽은 것도, 있는 것도 없는 것도 아닌 그것을 그저 '(어떤) 것thing' '사물thing'이라는 말 외에 무엇으로 표현할 수 있으랴. 셰익스피어의 극에서 유령은 사람들에게 줄곧 '것/사물'로 불린다(호레이쇼: 어, 그게 오늘밤에도 다시 나타났어./바나도: 아무것도 보지 못했어). 그러나 지각되지 않는 이 사물this thing은 사라지지 않는다. 삶의 시간이 '이음매에서 어긋나 있기' 때문이다.

햄릿은 시간의 어긋남을 바로잡도록 태어난 자신의 운명을 저주하면서 산 자들의 삶을 시간의 올바름être-droit과 명료하게 대립시킨다. 그는 어긋난 시대가 섭리에 따라 '올바르게' '법droit'을 따라갈 수 있도록 바로잡는 자의 역할을 하게 된 운명을 탄식한다. 이 탄식은 시간의 올바른 전환이 이루어지지 않는 한 사라지지 않는 사물-유령의 저주이며 지하의 억울한 존재와 함께하려는 "사랑과 우정"의 맹세이기도 하다.

사랑과 우정의 맹세는 그리스 고전 비극의 주인공 안티고네가 "나는 산 사람들보다 죽은 사람들과 함께 살아야 할 시간이 더 많다"라고 했던 수수께끼 맹세를 떠올리게 한다. '죽은 자가 되돌아오는 시간'이란 육체는 사라졌으나 온전히 죽을 수 없는 존재의 시간이며, 산 사람들의 정당성을 되묻는 시간이다. 이 물음은 현재 몸을 갖고 있지 않은 모든 존재의 시간을 포괄한다는 점에서 아직 태어나지 않은, 즉 앞으로 태어날 자들의 시간까지 포함한다. 그것은 회복되어야 할 시간과 도래해야 할 당위로서 미래까지 포함하는 복합적인 시간이다. 그러므로 유령의 시간은 부정의한 공동체의 함몰된 구멍에 홀연히 나타난 보편적 시간이다.

되돌아오는 시간으로서 유령의 시간은 망령처럼 현재에 틈입하여 '시간의 올바름'으로 회복을 호소하면서 현재 시간 너머를 환기하고 현재 시간을 초과한다. 안티고네 역시 햄릿과 거의 유사한 맥락에서 이 죽은 자들의 시간을 왕의 법에 대비되는 신의 법이 지배하는 시간이라고 말했다. 햄릿이 이 유령적 시간의 윤리를 "사랑과 우정"으로 요약했다면, 안티고네는 "나는 서로 미워하기 위해서가 아니라, 서로 사랑하기 위해서 태어났어요"라고 말한다. 문학의 시간은 늘 죽은 자들의 시간에 함께-존재가 되어 "우리 함께 가"자고 동참을 호소한다. 아직 오지 않은, 도래할 이 시간에는 모든 생명과 비생명을 망라한 '비인간' 존재까지 동참하게 될 것이다.

영정을 마주하는 시간

: 스스로 죽음을 선택한 지인의 얼굴

'우리'는 시간을 공유했을까

모든 죽음은 개별적이다. 가까운 이의 예상치 못한 부고를 전해듣는 순간만큼이나 그 사실을 실감하게 되는 때가 있을까. 무슨 근거로 그동안 그를 '우리'라고 생각했을까. 그와 내가 공동의 존재 영역에 있다고.

누구도 대신할 수 없는 죽음은 생의 시간이 각자의 몫일 뿐이라는 어찌할 수 없는 사실을 엄중하게 환기한다. 스스로 선택한, 어쩌면 강요당했을지도 모르는 죽음이 그를 알고 있는 이들에게 주는 참혹함은 이 부정할 수 없는 사실 앞에서 느끼는 무력감과 다르지 않다. 공유했던 시간이 있다고 믿었지만, 삶의 시간은 제각각 다른 시계침을 작동시키고 있었다는 당연한 사실을 그제야 깨닫는다. 서로의 시간은 교집합일 수는 있지만 동치일 수는 없다. 영원한 시간에서 그와 나는 이 생애에 잠시 아주 부분적으로 교차했을 뿐이다.

설령 떠나간 그가 식구였다고 해도 그렇다. 혈연적 유사성이 깃들었다고 한들 삶의 개별성은 각자의 몫으로 주어지고 생산된다. 시간을 만드는 것은 체험이지 피가 아니다. 물론 유사 공동 세계에 거주하는 식구는 공유하는 체험이 타인들에 비해 비교할 수 없이 많다. 그래서 오히려 쉽게 오해하게 되는 것이다. 그와 나는 '한 뿌리'라고. 피의 친연성은 그리하여 체험을 공유하고 있다고 착각하게 한다. 그의 시간이 곧 나의 시간이다, 그는 나와 비슷한 생각을 하며 산다, 그러므로 그는 곧 나다, 라고.

개체들의 시간은 개별적이다

그러나 어느 날 느닷없는 죽음을 전해듣는다. 단순한 부고가 아니라 '스스로 끊은 목숨'이란 얘기를 접한다. 이러한 부고가 주는 충격은 몇 가지 차원에서 우리의 일반적 시간관을 해체한다.

우선 드는 질문은 이런 것이다. '인생'이 연속적 흐름이라는 개념에는 근거가 있는가. 평균수명을 산술적이고 기계적으로 적용함으로써 우리는 개별적 생의 시간을 부지불식간 무차별적이며 양적인 것으로 환원하고 있었던 게 아닌가. 하지만 인생은 평균치로 예비되거나 보존되어 있지 않다. 나의 시간이 타인의 시간과 평균치로 유사하게 남아 있으리라는 생각에는 별 근거가 없다.

이런 부고가 주는 가장 큰 충격은 그와 내가 '나눈' 시간이 허구적이라는 사실의 확인이다. 이 확인은 주체성 또는 주관이라는 이름의 '나'가 오해하고 있는 타자성에 뒤늦게 눈뜨게 한다. 그는 내가 아니었으며, 그는 나와 다른 것을 보고 있었으며, 그는 나와 다른 것을 생각하고 있었다. 나는 그의 생각과 고민과 절망에 대해 타인이었으며, 그의 가장 절박한 시간에 곁에 있지 못했던(않았던) 것이다. 나는 그에 대해 무엇을 알고 있던 것일까.

영정의 얼굴은 무엇을 증명하는가

느닷없는 부고를 듣고 황망한 정신으로 장례식장으로 달려 간다. 그러나 막상 장례식장에 와서는 머뭇대며 안으로 쉽게 들어가지 못한다. 조금이라도 죽은 자와의 대면을 지연시키려 고 문 앞에서 머뭇거리며 초조감 속에 주춤댄다. 하지만 상황 을 마냥 미루고 있을 수는 없다. 장례식장으로 들어간 나는 방 금 전까지만 해도 '우리'라고 여겼던 그를 영정으로 마주한다. 사진 속 얼굴은 평상시와 다름없이 웃고 있거나 무표정하다. 나의 얼굴이 그의 얼굴을 대면하는 이 순간은 이제는 분할된 전혀 다른 두 시간 지평의 마주함이다.

사진 속 얼굴은 생전의 얼굴이다. 나는 그의 생전 얼굴을 영 정으로 마주한다. 영정의 얼굴은 문제적이다. 왜 그런가. 우리 가 마주하는 모든 얼굴은 산 자의 얼굴이다. 우리는 우리가 알고 있는 모든 '그들'의 죽은 얼굴을 본 적이 없다. 그런 점에서 얼굴은 현재 세계시간의 표정이다. 장례식장의 아이러니는 방금까지 살아 있던 타인의 생생한 얼굴을 통해 우리가 경험해보지 않은, 경험이 불가능한 죽음이라는 다른 시간, 다른 차원과 조우한다는 사실에도 있다. 산 자들의 세계를 드러내는 표면이었던 생생한 얼굴은 국화꽃과 향로의 작은 불씨가 만드는 가느다란 연기에 휩싸여 제대 한가운데 무심히 놓여 있다. 사진 속 얼굴은 나를 마주하고 있지만 그는 이제 다른 시간으로 물러나 있다.

죽음이라는 사건은 그의 얼굴을 갑작스럽고 폭력적으로 현재 시간에서 과거의 벽장으로 밀어넣는다. 그것은 2차원과 3차원의 조우처럼 어그러져 있다. 얼굴을 맞대고 있다는 뜻의 '대면對面'은 말이 실체에 가닿지 못하는 물리적 어긋남에 직면한다. 대면은 어떤 허깨비와의 조우가 되고 만다. 그러나 이 대면을 전적으로 허깨비와의 만남이라고 할 수도 없다. 영정은 있는 것도 없는 것도 아닌 존재의 표면이다. 영정과의 대면은 저 시간으로 물러났으나 아직 여기 시간에 흔적을 지우지 못한 그림자와의 물리적 조우다. 그의 얼굴은 현재에서 막 과거가 되었지만, 이 과거는 현재에 깊은 시간의 웅덩이를 만든다.

웅덩이는 '우리'라는 공동 시간을 깊이 함몰시킨다.

영정을 마주한 순간 우리는 갑자기 교란된 시간의 웅덩이에 빠져 당황스럽고 고통스럽다. 매끄럽고 연속적이던 이승의 지표면에 다른 차원으로 깊이 무언가가 패었기 때문이다. 영정의 얼굴은 그 웅덩이의 진정한 의미를 아직 이해할 수 없어 극도로 당황스러워하는 이 세상 산 존재들의 얼굴을 물끄러미 쳐다보고 있다. 영정의 얼굴은 우리를 마주하고 있지만 있는 것도 없는 것도 아닌 두 시간의 어긋남을 표면화한다.

스스로 다른 세상을 선택한 지인의 영정은 이 어긋남을 극단적으로 부각시키는 괴상하고 폭력적인 시간의 절단면이다. '우리'인 줄 알았던 그는 이 선택을 통해 자신이 공동 공간 속에서 다른 시간을 살고 있던 타인이었다는 사실을 우리에게 천명한다. 공동 공간, 공동 시간, 공동 이상이라는 관념은 구겨진다. 망각되기는 하지만 메울 수는 없는 깊고 검은 구멍을 날카롭게 드러낸 채. 이러한 얼굴에서 진정한 비극성은 이승과 저승의 시간 지평 사이에 놓여 있지 않다. 가장 끔찍한 사실은 이 얼굴이 '우리'라는 이름의 안이한 공동 공간, 공동 시간에서 이미 철저히 타자의 시간에 결박되고 고립되어 있었다는 사실,

바로 그것을 뒤늦게 확인하는 일이다. '우리'는 없다. 온통 타인 뿐이다.

부조리한 죽음은 함몰된 시간의 인간적 토대가 갑작스럽게 사납고 허망하게 어두운 얼굴을 드러내는 시간이다.

크리스마스캐럴을 듣는 시간
: '이웃'은 누구인가

빨갛고 하얀 나라

각박한 세태가 되어 예전 같지 않다고는 하지만, 연말의 시간성을 거리의 모든 사람들에게 감각적으로 일깨우는 것은 크리스마스캐럴이다. 교회의 종교음악으로 시작되었을 이 음악은 이제는 종교적 색채와 무관한 세계인의 시즌 송이 되었다. 신부가 목탁을 두드리며 독경하는 풍경은 상상하기 어렵지만, 스님이 크리스마스캐럴을 사람들과 함께 부르는 모습은 이상하지 않다. 크리스마스캐럴은 최고의 겨울 노래다. 연인들의 러브 송이고, 어린이들에게 가장 인기 있는 합창곡이자, 핫한 팝 스타들이 매 시즌마다 달리 편곡하여 발표하는 레퍼토리다. 크리스마스캐럴은 같은 멜로디와 가사에 가장 많은 변주가 이루어져온 노래이며, 전 세계 많은 가수가 한 번쯤은 다시 부르기를 시도하는 노래다. 이렇게 다원적인 세계에서 수많은 지구인이 한 종류의 노래를 함께 부르고 듣는 시간이 형성될 수 있다는 사실은 놀랍다.

크리스마스캐럴을 듣는 시간은 대개 내 의지보다는 바깥에서 온다. 직접 캐럴을 틀기도 하지만 이 시즌에는 어딘가에서 들려오는 경우가 많기 때문이다. 캐럴은 우리를 가볍게 흥분시키며 이유 없이 들뜨게 한다. 종소리 같은 기본 악기 편성만으로도 우리에게 천진한 아이의 시간, 행복한 기억, 사랑의 약속을 환기하며 화해와 용서의 기분을 불러일으킨다. 그 음악은 색색 구슬이 달린 크리스마스트리, 산타 할아버지를 태우고서 루돌프 사슴코가 끄는 눈썰매, 빨간 양말 속에 감춰진 선물, 북쪽의 눈나라, 성당의 종소리를 불러들인다. 캐럴의 색은 빨간색과 하얀색이다. 분명한 것은 캐럴을 듣는 순간 삭막한 지금 여기와는 다른 곳으로 함께 이동하게 된다는 사실이다. 캐럴은 너와 나를 공동의 다른 나라로 데려간다.

캐럴은 구원에 관한 노래

물론 크리스마스캐럴에 모든 이들이 이끌리는 것은 아니다. 찰스 디킨스의 소설 『크리스마스캐럴』에서 주인공 스크루지는 캐럴에 냉담하다. 아이들이 부르고 다니는 노래는 시끄러운 소음으로 들린다. 캐럴은 현실원칙만으로 작동하는 스크루지라는 캐릭터에게 다른 차원의 기억과 아름다운 가상을 불러일으키지 못한다. 그에게 세상의 존재는 화폐 척도로만 평가된다. '구두쇠'로 표현된 이 인색한 인간형은 '해가 지지 않는 나라'로 불린 영국 빅토리아시대의 물질적 번영이 배태한 인간 전형이다. 하지만 디킨스가 풍자하고 있는 스크루지는 남에게 해를 끼치는 인물이라기보다는 자기 성공만 살피는 인간이라는 점에서, 선하다고는 할 수 없되 엄밀히는 죄 없는 인간이다. 당시 자본주의 발전 과정에서 승승장구한 부르주아계급의 표본을 보여주고 있으나, 작가의 도덕적 시선을 제거한다면 스크루지는 현실에서 예외적 인물이 아니다. 물질적 성공만을 유일한 가치로 여기는 오늘날 사회에서 보자면 타인에게 냉소적이고 현실적 이해관계에만 몰두해 사는 그는 우리 시대 평범한 개인이다.

그러므로 질문은 이렇다. 스크루지가 특별한 캐릭터가 아니라 시대의 전형적 존재 유형이 되어 있는 오늘날, 크리스마스캐럴은 듣는 우리를 지금 여기와는 다른 시간, 다른 곳으로 인도하는가. 김애란의 소설 「나는 편의점에 간다」의 클라이맥스는 크리스마스캐럴이 울려퍼지는 성탄 전야의 에피소드다. 대학가 주변 원룸에 사는 가난하고 내세울 깃 없는 자취생인 '나'는 한 편의점에서 캐럴을 듣는다. 흥미로운 것은 크리스마스캐럴이 은은히 울려퍼지고 있는 편의점 입구에 대한 묘사다.

> 큐마트의 특징은 우선 쎈서식 자동문에 있다. 큐마트의 자동문은 코가 예민한 짐승처럼 잔뜩 웅크리고 있다가 조금이라도 기웃거리는 손님이 있으면 컹, 하고 짖듯 문을 활짝 열어주었다. 자동문은 항상 구원처럼 열렸다.

눈에 띄는 것은 자동문이다. 작가는 예민한 쎈서식 자동문을 이 시대에 열리는 '구원'의 현실적 의미로 관찰한다. 오늘날 가장 달콤하며 유혹적인 크리스마스캐럴은 상점, 특히 백화점 같은 곳에서 울려퍼지며, 인간의 구원은 화폐-상품의 교환, 획득에서 발생되는 물리적 메커니즘과 깊은 관련을 맺는다. 구원은 화폐에 좌우된다. 화폐적 현실이 심리적이고 상상적인 차원까지 지배한다. 한국 교회의 대형화, 기업화, 상점화는 구원의 세속화가 마치 포르노그래피처럼 외설화되는 양상을 잘 보여 준다.

소설이 묻는 것은 크리스마스캐럴이 본래 담지하고 있는 구원의 참된 의미다. 이 소설은 지극히 고전적인 주제를 고전적인 형식으로 질문하고 있다. 크리스마스캐럴을 듣는 순간 환기되는 설레는 이미지들, 그리고 그 이미지들이 인도하는 다른 시간, 공동의 나라는 이제 어디에 있는가. 아무리 팝송이 되었다 하더라도 캐럴은 단순한 시즌 송이 아니다. 캐럴은 메시아라고 불린 특별한 존재의 탄생을 축하하는 노래다. 죽음으로부터의 재생, 죄의 대속, 구원을 위한 희생 제의적 노래다. 신앙으로서 기독교를 지지하지 않는다 해도 한 특별한 정신의 탄생과 투쟁과 수난과 죽음과 부활에 관한 이 서사는 대단히 드라마틱하며 감동적이다. 설령 기독교도가 아니더라도 이 특별한 정신의 담지자가 행한 생의 드라마는 현실원칙의 노예로 사는 우리의 생각이 도달하지 못하는 다른 곳으로 우리를 인도한다. 크리스마스캐럴을 들을 때 우리가 음악을 통해 이끌리는 기분도 결국은 그 '다른 곳'을 향하고 있을 것이다.

메시아는 '이웃'이다

캐럴은 메시아에 관한 노래이다. 구세주, 메시아messiah란 누구인가(그리스도khristos는 히브리어 메시아의 그리스어 번역이다). 성경에 잘 알려진 이야기가 있다. 어떤 사람이 길을 가다가 강도를 만나 죽게 되었는데, 랍비와 레위 사람은 그 옆을 그냥 지나친다. 아이러니하게도 그들은 교회에 가는 중이었다. 랍비나 레위 사람은 유대 공동체에서 종교적·법률적 권위를 대표하는 지배계층이다. 죽어가는 사람을 도와준 것은 그에 속하지 못한 사마리아인이었다. 유대 공동체에서 그는 법률적·사회적·문화적 지위를 지니지 못한 '이방인'으로 취급된다. 그런데 예수는 이 일화를 소개하면서 그 사람을 '이웃'이라고 불렀다.

이웃은 누구인가. 이웃은 친구가 아니다. 이웃은 친구나 동지나 동료처럼 공통의 인연, 관심사나 이해관계로 엮여 있지 않다. 이웃은 핏줄로도 학연으로도 땅으로도 역사로도 이어져 있지 않다. 이웃은 가족도 가문도 동문도 나라도 민족도 아니다. 그저 우연히 '가까이 있던' 사람이다. 그를 규정하는 것은 별다른 필연성 없이 가까이 있는 자라는 사실뿐이다. 사마리아인 역시 강도 당한 사람의 공동체에 속하지 않았으며 그곳을 우연히 지나가고 있었을 뿐이다. 이것만으로 이웃이 되는가. 예수는 그 곁을 지나가던 다른 이들이 있었음에도 불구하고 사마리아인만을 이웃이라고 지칭한다. 그가 물리적 우연을 존재 의지로 주체화했기 때문이다. 그 장소에 있었던 것은 우연이지만 그는 충실한 의지를 통해 자기 존재를 변환한다. 이 충실성, 주체화의 노력이 곧 윤리적 사건이다. 타자와의 대면에서 발생하는 이 현장의 충실성은 원리주의적 믿음과 옳음의 체계로서 세상에 완강하게 기입되어 있는 '율법'과는 다르다.

'이웃을 네 몸처럼 사랑하라'는 예수의 문장을 주체의 윤리학을 담은 시적 문장으로 읽을 수는 없을까. 이 문장에는 '이웃의 윤리학을 너의 몸이 배우고 구현할 수 있도록 실천하라'라는 속내가 담겨 있다. 이웃을 사랑하라는 말은 이웃의 윤리학이다. 유일한 원리는 누구든 그 생명의 작동 방식대로 살 수 있도록 존중하고 돕고 기도하는 것이다. 이때 이웃은 공간적 실체가 아니라 타자와의 계기에서 발생하는 존재 사건이다. 신앙이 아니라 현실의 사건으로 구세주-메시아를 읽을 때, 예수가 소개한 이웃인 사마리아인이야말로 돕는 자이고 구원하는 자라는 점에서 메시아적 윤리에 충실한 존재다. 여기에서 구원은 타인을 위해 애씀으로써 자기 존재를 들어올리는 윤리적 실천이 된다. 사건으로서 이웃은 명사가 아니라 실천 속에서 발생하고 '이웃'이라는 정체성에 참여함으로써 자기 구원에 참여하는 주체의 수행 동사다.

캐럴을 듣는 시간은 다른 곳을 개방한다. 나와 너는 함께 다른 곳으로 인도된다. 그곳에는 동사로서 '이웃'이 있다.

노을이 지는 6시 47분
: 지금은 B사감을 이해하는 시간

　술 익는 마을마다 타는 저녁놀

　초등학교에서 중학교로 올라갔을 때 갑자기 어려워진 과목은 국어였다. 어릴 때부터 책 읽기를 좋아했지만 중학교 국어 교과서에 실린 작품들, 특히 동시에서 현대시로의 점프는 버거운 수준의 비약이었으며, 이른바 본격적인 현대시의 논리를 납득하기가 쉽지 않았다. 중학교 1학년 때 교과서에서 만난 첫번째 현대시는 박목월의 「나그네」였다.

　강나루 건너서

밀밭 길을

구름에 달 가듯이
가는 나그네

길은 외줄기
남도 삼백리

술 익는 마을마다
타는 저녁놀

구름에 달 가듯이
가는 나그네

—박목월, 「나그네」 전문

  국어 선생님의 '교과서적' 설명에 반 아이들은 아무도 이의
를 제기하지 않았고 수업은 그대로 순탄하게 끝날 뻔했다. 그
러나 해소되지 않는 의문이 있었고 선생님의 설명 이전에 시
에 동의할 수 없었다. 나는 손을 들고 선생님에게 물었다. 시가
창작된 것은 식민 치하 말기, 매끼 양식마저 일본이 빼앗아가

던 고통스러운 시절이 아닌가. 먹을 쌀도 충분치 않았던 시기에 어떻게 '마을마다 술이 익을' 수 있는가, 시가 당시 민족 현실을 왜곡하고 있지 않나 하는 질문이었다.

첫번째 현대시 수업은 이렇게 반론으로 시작되었다. 그때는 순진한 정의감에 사로잡혀 시인에게 화가 났던 듯하다. 그러나 국어 선생님은 물론 이후 학창 시절을 통틀어서도 이 시에 관한 설득력 있는 해명을 듣지 못했다.

누구나 한 번쯤은 보았을 저 유명한 시에서 시인의 직관과 순진한 의협심으로 가득찬 어린 학생 간 생각 차이는 왜 생기는 것일까. 시인의 눈으로도 정의감 넘치는 순진한 학생의 눈으로도 시는 쓰일 수 있다. 이는 시의 시간과 사회적 시간 사이 인식 차이와 관련된다. 단지 나이 차이가 아니라 인간-삶의 복합적 시간성 인식에서 차이가 발생한다.

어린 학생이었던 나는 "술 익는 마을"을 문학의 유일한 진실이 담겨 있는 사회적이고 역사적인 정황으로 이해했으나, 시인은 생활세계에서 술-저녁놀이 맺는 상관성을 거의 무의식적인 수준으로 직관한다. 시인이 이어놓은 술-저녁놀은 역사적 층위 이전에 인간이 던져진 보다 일상적인 시간과 관련이 있다. 그 시각이란 언제인가. 낮시간이 저녁 시간으로 넘어가는 어스름, 해가 스러지고 이지러져 저녁놀로 번져가기 시작하는 오후 6시 47분쯤이 아니었을까.

방심의 시간

이 시의 3연을 읽는 세 가지 독법이 있을 수 있다. 첫째, '술이 익어가는 마을에 저녁놀이 불타고 있다'는 정황에 주목하는 것이다. 어린 학생이었던 내가 읽었던 방식이다. 이는 시의 현실을 생활의 현실과 관련하여 정황적이고 공간적으로 이해하는 접근법이다.

둘째, 이미지 차원의 독법이다. '술이 익는다'는 표현은 술을 먹고서 얼굴이 붉어지는 이미지를 연상시킬 수 있으며 "타는 저녁놀"과 이미지 유사성으로 연결될 수도 있다. 그런데 시에서 이미지는 단순하지 않아서 이러한 식의 연상은 이미지가 내포하는 다른 삶의 진실과도 어렴풋이 조우한다. 이 경우 시인은 술과 저녁놀 사이에 모종의 유사성이 있다는 사실을 이미지를 통해 무의식적으로 드러내고 있다.

셋째, "술 익는 마을"과 "타는 저녁놀"을 근원적인 실존 시간 지평에서 읽는 방식이다. 마을에는 사람이 산다. 사람의 현실에는 역사의 층위를 넘어서 지속되는 일상적이고 실존적인 현실이 있고, 그것은 지극히 개인적인 심리 차원의 현실이기도 하다. 이 심리 차원은 자각될 수 있는 시간보다 더 깊숙하고 야생적인 시간이라는 점에서 흔히 '정신'이라고 질서화된 층위보다 더 내재적인 에너지로 구성된다. 술은 그 야생적인 시간을 매개하거나 불러오는 촉매제이자 상징이다. 노동하고 기획하는 시간이 아니라 인간 정신의 강력한 통제가 풀어지고 타자의 시선은 물론 의식의 자기검열로부터도 어느 정도 놓여나는 방심의 때라는 점에서 밤의 시간이다. 방심의 시간에 인간은 제 안에 있었지만 자신도 몰랐던 타자의 시간을 경험한다. 술의 시간은 밤의 시간이다. 술과 저녁놀은 이미지의 실존 층위에서 같은 지평에 있다.

개와 늑대 사이

　노을이 지는 오후 6시 47분을 '개와 늑대 사이'라는 프랑스의 유명한 속담이 지칭하는 바로 그 시간으로 보아도 좋다. 왜 개와 늑대 사이인가. 해 질 무렵 멀리서 다가오는 어슴푸레한 윤곽의 정체가 개인지 늑대인지 구분하지 못하는 시간이라는 풀이가 이 속담의 진실과 유리되는 얘기라고 할 수는 없을 것이다. 그러나 이 풀이를 인정한다 하더라도 보다 근본적인 인간 현실과 결부해 이해할 필요가 있다. 길들여진 개에 비해 늑대는 보다 야성적이고 통제할 수 없는 에너지를 떠올리게 한다. 밤기운이 가장 충만한 보름달 뜨는 날에 본성을 드러내는 늑대인간 이야기가 이와 관련이 있다.

　"술 익는 마을마다/타는 저녁놀"은 개와 늑대 사이 경계 시간이다. 인간에게는 통제된 이성과 길들여지지 않은 야성이라는 이중 현실의 경계가 감지되는 6시 47분이라는 얘기다. 이 시각이 되면 학생들의 연애편지를 압수했던 엄격함의 표상인 B사감도 사랑하고 사랑받고 싶은 한 명의 평범한 인간이 된다. 타인의 시선이 사라진 한밤의 방에서는 누구나 제 안에 낮과는 다른 타자가 살고 있다는 사실을 깨닫게 된다. 이런 점에서 현진건의 소설 「B사감과 러브레터」를 지금도 '풍자소설'로 배우고 가르치는 국어 시간은 보다 근원적인 시간성 관점에서 수정될 필요가 있다. B사감은 풍자되어야 할 대상이 아니라 저녁놀이 도래하면 누구나 살게 되는 자연스러운 인간 시간의 주인공이기 때문이다.

B사감은 밤과 술과 같이 이해되어야 할 존재다. 그는 늘 경계를 사는 우리 자신이기도 하다. 6시 47분은 인간이 분열되는 시간이 아니라 진실이 회귀하는 시간이다. 오늘 저녁은 노을을 보며 이 진실의 시간을 걸어보라.

■ **3부**

서른 살은 '서러운 몸'을 사는 시간이다

도시의 거리에 비가 내릴 때
: 현대라는 상처

도시에 비 내리듯
내 마음에 눈물 내리네
이 우울은 무엇이기에
내 마음 깊이 파고드는지?

땅과 지붕 위에
오 부드러운 빗소리여!
지루함에 젖은 한 마음에
오 비의 노래여!

역겨워하는 내 마음에

이유 없이 눈물 내리네

뭐라고! 변한 것은 없다고?……

이 슬픔에는 이유가 없네.

가장 몹쓸 고통은

그 까닭을 알 길 없다는 것

사랑도 미움도 없이

내 마음엔 고통이 가득하네!

— 폴 베를렌느, 「내 마음에 눈물 내리네」 전문

　19세기 프랑스 시인이 쓴 이 유명한 시에서 내 가슴에 내리는 눈물은 비에 비유된다. 바꿔 말해 비가 내릴 때 내 가슴에 눈물도 내린다. "이유 없이" "사랑도 미움도 없이" 눈물이 내리는 까닭은 비가 내릴 때면 늘 내 가슴의 "슬픔"이 자동적으로 자극되기 때문이다. 하늘에서 내리는 비는 지상의 메마름을 해소하고 사람들을 시원하게 해주는 것이 아니라 "고통"을 자극하는 요인이다. 눈여겨보아야 할 것은 비와 "고통"이 갖는 예민한 연관성이 자연과 밀접하게 관계 맺으며 살던 전통 농경사회에서 나타나는 반응이 아니라는 사실이다. 비가 "이유 없이"

가슴의 상처가 되는 이 반응은 "도시에 비 내리듯" "내 마음에 눈물 내리"는 감성 코드를 지녔다. 이 비는 거리, 즉 도시라는 현대적 시공간의 탄생 속에서 이해되어야 하는 비다.

도시의 출현과 더불어 생성되기 시작한 현대라는 시간은 전통적 농경 사회와는 다른 풍경을 만들어낸다. 풍경은 객관적으로 투명한 물상이 아니라 인간과 환경이 상호작용하면서 만들어내는 복합적인 심상이다. 19세기 시인은 이 풍경에서 새로운 직관을 발견한다. 시인은 거리의 비에서 "내 마음"을 '찌르고' 들어오는 특별한 종류의 감수성을 포착함으로써 비를 자연으로부터 떼어내고 전통사회로부터도 분리한다. 시인은 비가 내리는 이 풍경이 더이상 옛 시간에 속하지 않음을 감지하고 있다. 대기환경보다는 그 속에 내던져진 사람, 즉 비를 맞거나 비를 보는 사람의 감성이 확연히 달라졌기 때문이다. 이 비는 거리의 비, 도시의 비다. 비는 도시인의 감성을 예민하게 건드려서 종래와는 다른 화학적 심리 운동을 만들어낸다.

도시의 거리, 도시의 삶에서는 비 하나만으로도 각자가 지닌 내밀한 상처가 환기된다. '이유가 없다'는 것은 상처가 자기도 기억 못할 만큼 "내 마음 깊이 파고"든다는 뜻이지 상처가 뜬금없다는 뜻이 아니다. "가장 몹쓸 고통"이란 아픔이 날카롭고 깊숙하다는 말이다. 집단으로 거주하고, 빠르게 움직이며, 자신을 되돌아볼 여유와 타인에 대한 너그러움을 허락하지 않는 도시는 농경사회보다 훨씬 더 신경증적이다. 현대 도시는 정치적으로 진보적이고 문화적으로 다양한 얼굴을 보여주지만, 그만큼 심리 층위는 복잡해지고, 정체성은 분열되며, 개인의 의지는 타인의 의지와 충돌하면서 분할된다. 거기에서 '현대적' 상처가 생긴다. 도시의 얼굴이 그 표면을 평온하게 유지할 수 있는 것은 이 세련된 문명 시스템이 억압 기제를 강력하고 정교하게 동원하기 때문이지 인간에게 관용적이어서가 아니다. 프로이트의 관점에 따르면 문명은 정교화될수록 더 불만스럽다.

도시의 비는 밤에 돌아오는 꿈의 이미지가 불가피한 것처럼 도시인의 가슴 위로 울컥울컥 솟아오르는 예민한 상처들을 불러일으킨다. 비가 내릴 때 개인의 내밀한 상처가 대기와 얽혀 솟아난다는 것은 도시인들 전체가 결국 상처를 가지고 산다는 뜻이다. 도시 자체가 상처다. 이 까닭 없는 슬픔은 비의 시간이 이제 도시적 시간의 일부임을 암시한다. 도시의 시간이란 이 복잡한 공간의 거주자들이 숨겨진 상처들을 과잉 억압하고 기워냄으로써 유지되는 복합적인 것이다.

20세기에 쓰인 이성복의 시 「비 1」에서 창가에 부딪히는 한밤중 빗소리는 그래서 당신의 울음소리처럼 들린다. 20세기야말로 도시의 시대가 아닌가. 비는 "후박나무 잎새를 치고/포석을 치고" 결국 "담벼락을 치고" "창을 열면 창턱을 뛰어넘어/온몸을 적"신다. 비는 밖에서 내리지만 젖는 건 "온몸"이다. 비는 자연의 시간에 속하지 않고 인간의 시간, 인간의 감성 내부로 깊이 들어온다. 만남과 헤어짐, 누군가와의 피치 못한 이별은 삶에 내재한 치명적인 상처이며 우리를 찌르고 들어오는 가장 아픈 기억이다.

여기서 치고 들어오는 것은 비가 아니라 "당신"이며, 넘은 것은 "창턱"이 아니라 내 가슴이다. 당신의 울음소리로 바뀌어 "창턱을 뛰어넘어" 내 방으로 난입한 비는 전통사회보다는 도시에 속한다. 이 빗소리-울음소리에 깃든 아픔은 도시인의 존재 조건인 고립과 고독 속에서 만남의 엇갈림이 심화되는 소외 현상과 무관하지 않다. 현대인에게 비 내리는 밤은 고통스럽게 창을 두드리는 "당신"을 나와 생생히 마주하게 함으로써 삶의 고독을 더욱더 몸서리치게 경험하는 시간이 된다.

또다른 시인 황인숙은 도시에 비가 내릴 때 거리에서 "찰박 찰박 찰박"거리는 소리를 듣는다(「비」). 그건 터벅터벅 운동화 소리도 아니고 또각또각 구두 소리도 아니다. 물기 어린 바닥과 맨발이 만나는 소리. 그러나 논리적으로는 도시에 "무수한" "맨발들" "맨종아리들"이 걸어다닐 일이 없다. 여기에서 직접적으로 부딪히는 것은 빗방울과 아스팔트나 시멘트 바닥일 것이다. 이 빗방울을 시인은 맨발이라 얘기하고 있다.

이 맨발 소리는 비를 매개로 신발 없이 육체가 세계와 만나는 소리다. 도시의 빗소리는 생활의 필요로 무장했던 구두 속 들리지 않던 맨발, 맨 살갗의 소리를 들리게 한다. "티눈 하나 없는/작은 발들", 우리에게 내재하고 있던 감성을 촉발시킨다. 내 안과 세계의 예민한 소리를 듣고 우주의 기미를 감지하는 감수성이 일시적으로 회복된다. 이 감성은 도시인의 가슴에 내재한 아픔을 환기시키기도 하지만 갑옷으로 감싸고 있던 생활인의 상투적 인지 체계를 스르르 해체함으로써 도시인의 무딘 감각을 깨운다. 비가 내리는 날은 죽었던 맨발의 감성이 다시 살아나는 마법의 시간이기도 하다.

맨발의 감성은 '살아 있음'의 감각이다. 우리가 '생물'인 이상 이 감성은 필수적이다.

지하철 플랫폼 오전 8시
: 도시라는 타인의 얼굴들

매일 같은 시각 은하철도 999

여의도 증권사에 다니는 10년 차 직장인 37세 K의 집은 강동구다. 지하철을 이용하는 그의 집 근처 역과 직장 근방 역 사이에는 20개가 넘는 정거장이 있다. 매일 아침저녁 왕복 마흔 개 이상 정거장을 오가며 10년 동안 회사를 다녔다. 일주일에 2백 개 이상, 한 달이면 8백 개 넘게 오간 정거장 수는 10년을 합산하면 10만 개도 넘는다. 은하철도 999를 탄 것도 아닌데 10만 개 정거장이라니! 혼자 쓸쓸한 명절을 보내던 K는 어느 날 자신이 오간 정거장 수를 문득 헤아려보다가 놀란다.

그래도 곧 스스로 위안한다. 그나마 갈아타지 않고 직장까지 직행할 수 있다는 사실은 얼마나 다행인가!

서울의 동과 서를 쏜살같이 횡단하는 K의 출근 지하철이 목적지에 닿는 시간은 평균 53분이다. 계단을 빠른 걸음으로 올라 게이트를 빠져나가는 데 2분, 역사에서 회사 엘리베이터까지 다시 종종걸음으로 5분. 그러므로 그가 오전 9시 출근을 위해 사수해야 할 마지노선은 8시 지하철 플랫폼이다.

승객 여러분들은 안전선 밖으로 물러나주셔야겠지만, 그게 될 리가 없는 것이다. 승객들은 모두 전철을 타야 하고, 전철엔 이미 탈 자리가 없다. 타지 않으면, 늦는다. 신체의 안전선은 이곳이지만, 삶의 안전선은 전철 속이다. 당신이라면, 어떤 곳을 택하겠는가. (……)
가까스로 문이 닫히면, 으레 유리창에 밀착된 누군가의 얼굴과 대면하기 일쑤였다.

　　　　　　　　　　　　　—박민규, 「그렇습니까? 기린입니다」에서

기다리던 오전 8시의 열차('뜨거운 차')가 들어온다. 일단 그에게 반가운 열차다. 그러나 다시 착잡해진다. 서울의 직장인

K에게 오전 8시는 "신체의 안전선"과 "삶의 안전선"이 분할되는 시간이기 때문이다. 선택의 여지도 착잡한 마음을 사색으로 연결시킬 겨를도 없다. "타지 않으면, 늦는다." 하지만 "전철엔 이미 탈 자리가 없다". 문득 K는 출근 시간 서울 지하철 혼잡도를 기사에서 본 기억이 떠오른다. 지하철 한 칸의 정원은 대략 160명, 좌석은 54개라고 했다. 하시만 오전 8시에서 9시 사이 강남역에 내리는 2호선 전철 한 칸 승객수는 350명 정도라고 한다. 이 시각 나는 사람인가 짐인가. 그가 몸을 싣는 지하철 5호선은 사정이 조금 낫다 하더라도 K에게 매일 오전 8시는 이런 자문이 불가피한 시간이다.

'삶'과 '사람'의 아이러니

도시의 오전 8시는 이런 방식으로 신체의 안전선과 삶의 안전선 사이에 분열을 초래한다. 이때 분열되는 것 중에는 '말'도 있다. 본래 '사람'이라는 명사는 '살다'라는 동사에서 나왔다. '사람'은 고양이나 개처럼 대상을 지시하는 호명이 아니라 '살다'라는 동사에서 파생된 명사다. 도시의 오전 8시 지하철은 '살다'의 온전한 품격을 증발시킴으로써 '삶'이라는 풍성한 지평을 단순한 생존 영역이나 경제적 생활세계로 몰아넣는다. 그나마 주인이 되어야 할 '사람'마저 삶의 안전선으로부터 분리한다. 이 말의 분열, 동사와 명사의 분할과 긴장, 행위와 행위 주체 사이 간극에는 인간'다움'이나 삶'다움'이라는 가치 증발, 본질이나 목적이 되어야 할 삶과 도구적 생활방식의 전도 현상이 내포되어 있다. 삶의 안전선에 전력 질주로 올라타고 "문이 닫히면" "유리창에 밀착"되고 마는 소설 속 오전 8시의 얼굴은 지금 세계의 글로벌 스탠더드다.

이 분열의 시각 공동생활을 구성하는 행위자들의 신체는 깨어져나간다. 목적으로서의 삶은 수단으로서의 생활로 격하되며, 삶의 궁극적 종합, 변증법은 불가능해진다. 프랑스의 인문학자 앙리 르페브르에 따르면 오늘날 개별성과 보편성 사이에서 일어나는 높은 수준의 긴장은 헤겔의 생각처럼 지양(종합)되지 않는다. 즉, 개별과 전체, 특수와 보편 사이 갈등은 최종으로 향하는 진화 과정이나 일시적 일탈 상태가 아니라는 점에서, 현대적 삶은 이 불가능성 자체를 자기 기반으로 삼을 수밖에 없다. 르페브르는 긴장과 분열로만 유지 가능한 이 시대 삶의 정상성을 '현대성의 아이러니'라고 불렀다.

다른 얼굴들의 같은 얼굴들

이 아이러니를 또다른 역설로 바꿔 이야기할 수도 있으리라. '하나'의 분열은 '다른 것'을 '같은 것'으로 변질시킨다고 말이다. 예컨대 아직 의식이 충분히 깨어나지 않은 오전 8시, K는 세상에 이렇게 많은 다른 얼굴이 존재하고 있었다는 사실을 마주한다. 얼굴만큼이나 그들의 손금도 다양하겠다. 손금이 지시하는 삶의 모양들도 제각각일 것이다. 그러나 과연 그러할까.

오전 8시 지하철에서 K는 타인의 얼굴들과 마주하여 또다른 아이러니를 느낀다. "가까스로 문이 닫히면, 으레 유리창에 밀착된 누군가의 얼굴과 대면하기 일쑤"인 K의 지하철 오전 8시는 타인의 수많은 얼굴을 모두 유리창에 밀착된 똑같은 얼굴로 마주하게 되는 이상한 시간이다. 발걸음은 초조하며 일사불란하다. 지하철로 빌딩으로 도저히 거스를 수 없을 것 같은 거대한 군중의 흐름은 온전히 정신이 깨어나지 못한 피로감 속에서도 이름 모를 적의로 무장한 채 비슷한 표정을 짓고 있다. K는 타인의 얼굴에서 또다른 타인의 얼굴을 구별하지 못한다. 그의 얼굴도 구별되기 어려운 흐름 속 얼굴들 중 하나이리라 추측해본다. 각기 다른 이름을 지닌 타인들은 열차 속에서 동일한 '하나'가 된다. 마르크스의 유명한 선언을 흉내낸다면 '모든 개별적인 존재는 지하철 출근 시간 공기 속으로 흡수되어 사라져버린다'.

문화와 사회의 규율이 온전히 신체와 얼굴을 통제하지 못하는 찌뿌둥한 표정의 오전 8시, 삶의 안전선과 조화되지 못한 도시의 개별적 신체들은 사회적 페르소나를 쓰지 못해 방심해 있다. 그래서 도시의 민낯이 방심한 틈새로 모습을 드러낸다. 철학과 과학이 추구하는 원리인 '하나이면서 모든 것$_{\text{hen kai pan}}$'은 오전 8시에 '모든 것이 하나'가 된다는 역설로, 삶의 개별성을 생활 속 '같은 것'으로 흡수해버린다. 모든 타인이 서로의 거울이 되는 도시적 삶에서 나의 얼굴도 타인의 얼굴들과 구별되지 않는다.

"무서운아해와무서워하는아해"(「오감도 시제일호」)가 함께 모여 있으며 구분되지도 않는 이상의 아이러니한 시는 오전 8시 열차 플랫폼에서 쓰였는지도 모른다.

입국장을 지날 때
: 환대와 적대가 공존하는 시간

얼굴들의 조우

크리스마스 시즌 영화의 고전으로 자리잡은 〈러브 액츄얼리〉(2003)의 엔딩 신은 공항 풍경이다. 사람들은 입국자가 들어오는 입구에서 저마다 누군가를 기다리고 있다. 기다림은 설렘이다. 가벼운 긴장감 속에서 모든 얼굴은 설렌다. 하나의 얼굴은 아직 입국장으로 들어서지 않은 또다른 얼굴을 기다리고 있다. 입국장의 문이 열릴 때마다 그들은 자신이 기다린 그 얼굴이 아닐까 등장하는 이의 얼굴을 쳐다본다. 여러 시선은 문이 열리는 그곳을 향해 하나로 모인다. 마치 런웨이에 등장하는 모델의 워킹을 보는 것처럼. 기다린 얼굴이 아직 도착하지 않았음을 확인하고는 다소 실망하는 얼굴들, 얼굴들, 얼굴들. 이 실망에는 자기보다 먼저 기다림의 대상을 확인하게 된 이를 향한 약간의 시기도 깃들어 있다. 그러나 결국 기다리던 얼굴을 찾게 마련이고 얼굴들은 이내 기쁨에 젖는다.

〈러브 액츄얼리〉의 엔딩 신은 공항에 얼마나 다양한 얼굴들이 또다른 얼굴들을 기다리고 있는지 잘 보여준다. 공항은 인종, 성별, 세대, 계급, 문화적 다양성이 난만한 특이점이다. 얼굴들은 도처에서 왔다. 얼굴들 자체가 세계다. 하늘을 날아온 거리만큼이나 그 지리적 다양성만큼이나 사연들도 제각각이다. 이 사연은 비행기라는 교통편이 지닌 특수성을 고려할 때 자동차나 기차를 타고 도착한 사람들의 사연과는 많이 다르다. 공간적 거리 자체가 지상 교통편으로 만날 수 있는 얼굴과는 다른 사연의 깊이와 정도를 짐작게 한다. 입국장에서 긴장과 설렘과 감격이 배가되는 이유도 이 때문이다.

미국 중부 한 공항 입국장에서 그러한 시간을 경험한 적이 있다. 그 공항 방문은 처음이었다. 미국으로 이주한 지 50년 된 친척 아저씨에게 나는 고국에서 찾아온 첫번째 친척이었다.

50년 동안 딱 세 번 고향 나라를 찾았던 아저씨는 이제 백발 노인이 되어 있었다. 하지만 비행기를 타고 찾아온 조카를 맞는 그의 얼굴에서는 한창 팔팔한 젊은이가 가질 법한 홍조로 가벼운 흥분이 느껴졌다. 이런 만남이 이루어지는 공항의 입국장은 서로 다른 드라마가 조우하는 장이라고 해야 한다. 긴 시간 비행으로나 도착할 수 있는 장소의 격절감은 지금까지 유예된 만남의 시간만큼 그 순간에 존재의 밀도를 압축한다. 입국장에서 만나는 순간은 서로 다른 인생이 악수하는 시간이다. 우리가 느꼈던 반가움은 단순한 기쁨으로는 표현될 수 없는 복합적인 것이었다. 고립되었던 한 개체가 다른 개체와 연결되면서 비로소 열리게 된 공간감을 느꼈기 때문이리라.

공항의 입국장은 이렇게 수많은 스토리의 목록, 곧 스토리북이다. 스토리들이 모이면 히스토리history가 된다. 〈러브 액츄얼리〉는 얼굴들로 구성된 세계를 보여준다. 얼굴들이 내포하는 스토리들의 지도, 그것을 '역사'라고 부르지 못할 이유가 무엇인가. 영화는 여러 얼굴로 모자이크된 지도를 보여주면서 모든 곳에 사랑이 있다Love is all around며 낭만적인 음악으로 끝나지만 이 얼굴들의 개인사에는 참으로 격렬한 삶의 우여곡절이 깃들어 있을 수도 있다. 입국장에 들어선 모든 이가 자신을 기다려주는 이들을 맞게 되는 것은 아니며, 누군가는 아무도 기다려주지 않는 낯선 땅에서 생각보다 강렬한 적의를 느낄 수도 있다. 이런 적의는 단지 심리적인 것이 아니라 물리적 현실이 동반된 이유가 있는 경우가 대부분이다. 이때 공항의 입국장은 불안한 파도를 예감하는 첫 시간이 될 수도 있다.

어느 누구도 환대받지 못한다

공항에서 겪는 체험의 특이성을 잘 보여주는 곳은 입국장으로 나오기 전 거쳐야 하는 입국심사대다. 입국심사대를 지나는 시간은 하나의 정체성이 다른 문화적 맥락으로 진입하면서 겪는 당혹스러움을 온몸으로 드러낸다. 이 당혹스러움은 위에서 진술한 입국장의 설렘과는 상반되는 경험이다. 입국심사대를 지나는 동안은 우리가 동류의 인간으로 환대받는 시간이 아니다. 한 사회의 치안 시스템이 적의를 가지고 다른 개체를 노려보는 차가운 심사의 시간이다. 이 시간은 '인간human/humanity'이란 단어가 현대가 추구한 계몽적 추상이나 이상에 지나지 않는다는 사실을 절감하는 증상 체험이다. 이곳을 지나면서 입국자는 '인간'이 아니라 내국인과 외국인으로 우선 분류된다.

외국인 입국심사대로 분류된 이들은 경찰관과 다를 바 없는 제복을 입은 검시자들의 의심의 눈초리 속에서 잠재적 범죄자로 간주되는 심문 과정을 매우 수동적이고 굴욕적인 태도로 견뎌내지 않으면 안 된다.

이 관문에서 외국인 입국자에게 가중되는 큰 어려움은 몸과 정신의 일부이자 자신을 제대로 표현할 수 있는 유일한 도구인 모국어를 '버리고' 다른 언어로 검시자의 위압적 언어에 응대해야 하는 고통에서도 나온다. 정신분석은 엄마 말을 쓰던 아기가 살기 위해 사회적 언어 문법에 따라 자기 말을 변용하는 성장 과정을 자기를 깎아내는 자살에 가까운 고통이라고 본다. 억압의 자진 수행으로 인한 주체-문명의 신경증이 이 과정에서 생긴다. 어쩌면 입국심사대야말로 이 과정을 빠르게 반복하는 시간이 아닐까.

몸과 정신이 사물화되고 심지어는 얼어붙는 이 특수한 경험은 오늘날 세계화라는 이름에 걸맞지 않게 오히려 점점 더 강박적인 통과의례로 강요된다. 원시사회에서 통과의례란 한 개체의 문화적 동일성을 상징적으로 인증하고 이를 통해 개체의 환대를 사회적으로 공증하는 시간이었다. 세계화 시대의 아이러니는 공항심사대라는 통과의례에서 '휴머니티'를 더이상 동일성의 표지로 인정해주지 않는다는 사실에 있다. 본래 동전에 새긴 '인간'의 보편적 얼굴, 동류의 인간성을 뜻했던 그리스어 캐릭터kharakter는 '세계화 시대'에 통용되지 않는다. 국민국가 nation-state가 정말 사라졌는가. 지구 어디에서든 달러라는 화폐가 교환되고, 값싼 노동력으로 운영되는 공장이 지어지며, 자본이 자유롭게 이동할 수 있는 시장이 열렸다고 해서 세계 시민국가가 출현한 것은 결코 아니다. 입국심사대에서 서로 다른 두 국민 정체성은 동등한 지위에 있지 않다. 한 정체성은 치안 권력의 위상에 있으며 다른 정체성은 잠정적인 범죄 선상에 놓인다.

스티븐 스필버그 감독의 작품답게 다소 코믹하고 로맨틱하게 묘사되기는 했지만, 톰 행크스가 주연을 맡았던 영화 〈터미널〉(2004)은 공항 입국심사대의 특이성을 시간이라는 관점에서 엿볼 수 있게 한다. 동유럽의 작은 나라 크라코지아에서 뉴욕으로 입국하던 평범한 시민 빅터 나보스키(톰 행크스)는 입국심사대에 들어서는 순간 고국에서 쿠데타가 일어나 정부가 (일시적으로) 사라지는 황당한 상황을 맞는다. 정부가 발행한 국제 신원보증서인 여권과 미국과 체결한 일시적 여행 허가증인 비자는 효력이 말소된다. 여권과 비자가 효력 말소된 그는 입국심사대로 들어갈 수 없다. 정부가 사라져 쿠데타가 일어난 고국으로 돌아갈 수도 없다. 공항은 빅터를 추방시키려 하지만 그는 버틴다. 출국지인 고국에서도 입국지인 미국에서도 그는 시민의 자격을 가지지 못한다. 공항은 여행객에게 지나가는 시간, 즉 여정의 일부이지만 그는 그곳에서 여정을 끝낼 수 없으며, 무국적자·무시민권자로 살 수밖에 없다. 사회·정치적으로 그가 어떠한 법적 지위도 지니지 못한 '비인간'임을 뜻한다.

놀랍게도 이 영화는 실화를 바탕으로 했다. 영화에서 '겨우' 9개월로 표현되었으나 실제 영화의 모티프가 된 이란인 메흐란 카리미 나세리는 1988년부터 2006년까지 18년 동안 프랑스 파리 샤를 드골 국제공항에서 국적 없는 자로 살았던 정치 망명객이다. 그가 공항에서 겪었던 인생 유전은 기구하기 짝이 없다. 과거 망명객이라 표현되었던 이들은 오늘날 세계화가 진행되면서 흔히 난민refugee으로 불린다. 난민의 지위는 '망명'이라는 말이 내포하고 있던 정치·사회적 존엄성에 비해 크게 격하되었다.

난민은 단지 고국에서 집을 잃었을 뿐만 아니라 세상 어디에도 집을 가질 자격이 없는 사람으로 인식된다. 고국 정부뿐만 아니라 도피하여 찾아온 동네의 사람들조차, 어쩌면 이제는 세계화된 거의 모든 (국민국가의) 시민들이 그렇게 인식한다. 국민국가의 시민들은 또다른 국민국가에서 시민권을 박탈당해 탈출을 감행한 난민을 자기 국가를 오염시킬 수 있는 세균이나 벌레처럼 생각한다. 다른 국민국가에서 그들은 그 나라 시민과는 똑같은 권리를 누릴 자격과 가치가 없다고 여겨진다. 이탈리아 정치철학자 조르조 아감벤은 '생존'과 '삶'을 각각 'zoe'와 'bios'로 구분한 그리스적 사유를 통해 삶이 거세된 권리 없는 생존자를 호모 사케르Homo Sacer라고 명명한다. 호모 사케르는 '법의 예외상태' 자체를 기율로 강제당하며 사는데, 오늘날 난민이야말로 그 전형이다.

정부가 사라져 입국심사대로 들어올 수 없었던 빅터의 사정은 안쓰럽지만, 설령 그가 입국심사대를 통과했다고 한들 그에게 약속된 땅 가나안이 거기에 있을 것인가. 빅터를 객관적 대상으로 관찰하는 것만큼이나 큰 착각도 없다. 관람객은 관찰자가 아니라 영화의 주인공이 될 수도 있기 때문이다. 세계화 시대 입국심사대를 지나면서 겪는 가장 경이로운 체험은 우리 모두가 다른 국민국가, 보다 정확히는 서구 자본주의 발전국의 시민과 치안 권력에게 잠재적 난민으로 취급되는 시선 경험이다. 난민은 실제 드러난 현실보다 국민의 잠재의식 속에서 폭넓게 존재한다. 입국하는 나라에서 일자리를 구하려는 많은 외국인, 자국 내부에서도 충분한 소비 능력을 지니지 못한 (비)시민권-소비자들이 후보군에 속한다. 그들은 모두 세계화/지구화 시대의 이방인이다.

공항 입국장에서 누군가는 그를 기다리는 반가운 얼굴과 만날 수도 있고 누군가는 낯선 불안과 조우해야겠지만, 그 이전에 누구든 예외 없이 통해야 하는 곳은 입국심사대다. 오늘날 그 시간을 환대의 시간으로 경험하는 외국인은 많지 않다.

시의 이미지가 도착하는 시간

: 시인이라는 타자의 시간

죄는 탕감될 수 있는가

한 소읍에 심각한 사건이 발생했다. 사람이 죽었고, 사람을 죽음으로 내몬 장본인들이 누구인지 책임 소재도 명확하다. 하지만 사건에 가담한 아이의 부모들은 모의한다. 어떻게 하면 사건을 사고로 축소시키고, 있던 일을 없던 일로 무마할 것인가. 어떻게 죄의 책임을 회피할 것인가. 부모들은 가장 일반적이고 손쉬운 방법을 택한다. 한 아빠가 모두를 대신하여 이렇게 결론짓는다. "결국 돈(보상금)이네."

세상의 해결책은 이렇듯 간단하다. 무엇으로도 대신할 수 없는 타인의 생명은 돈과 맞바꿔지며, 죄는 보상이라는 법률적인 테두리 안에서 탕감된다. 이 탕감의 메커니즘은 꽤나 효과적이다. 사건 연루자들에게 잠깐이나마 발생했던 죄의식조차 돈을 지불하면 된다고 의식하는 순간 사라져버린다. 정신기제는 사건을 일어나지 않았던 일로 여기며, 개인과 공동 공간은 아무 일도 없었다는 듯 다시 '정상화'된다.

주변 어디선가 들어봤을 법한 이 익숙한 에피소드는 이창동의 영화 〈시〉(2010) 중 한 장면이다. 죄의 연루자들이 취하는 저 능숙하고 신속한 대응은 지금 이 시각에도 사회라는 공동 공간에서 관행적으로 이루어지는 사건 처리의 전형을 보여준다. 그런데 이 영화에는 동일한 사건에 연루되어 있지만 전혀 다른 행동 양식을 지닌 한 사람이 나온다. 한 가해 학생의 할머니 양미자(윤정희)다. 그녀의 손주 역시 한 여학생의 집단 성폭행에 가담했고 피해 학생은 자살했다. 양미자도 이 사건을 빨리 덮어버리려는 부모 회의에 소집되었다. 하지만 이 심각한 회의 도중 미자는 뜬금없이 홀로 바깥으로 나간다. 화면은 다른 부모들과 미자를 안팎으로 나눈 큰 창을 통해서 창 안의 부모와 창 바깥의 미자가 서로 다른 시간을 살고 있음을 암시한다. 이들은 어떻게 다른 시간에 거주하는가.

사과를 잘 보기

영화 〈시〉에서 미자는 시쓰기를 배우고 싶어하는 일반인으로 등장한다. 한 번도 시를 써본 적이 없는 미자는 마을 문화 센터에서 시쓰기 강좌를 수강하고, 강사 김용탁 시인(김용택)으로부터 시를 쓰기 위해 '사과 잘 보는 방법'에 대한 강의를 듣는다. 그날 이후 '사과 잘 보기'는 미자의 화두가 된다. 사과를 잘 본다는 것은 무엇인가. 미자는 그 시각에 이르는 길을 찾을 때 한 편의 시를 완성할 수 있으리라고 생각한다. 미자가 성폭행 피해 여학생의 자살에 연루된 남학생들의 부모 회의에 호출받은 것은 이 시 수업을 들은 직후다.

회의 도중 아빠들의 얘기를 듣다가 갑자기 바깥으로 나간 미자는 화단에 놓인 꽃을 유심히 바라본다. 화단에는 붉은 꽃이 피어 있다. 미자는 그곳에서 최초의 시구를 얻는다. 그는 불현듯 메모장을 꺼내서 '피같이 붉은 꽃'이라고 적는다. 그녀는 왜 갑자기 바깥으로 나갔으며, 하필 여러 대상 중에 꽃을 쳐다

보았을까. 그리고 왜 하필 '피같이 붉은 꽃'이라는 표현을 얻게 되었을까. 이 장면은 감독이 생각하는 시가 무엇인가를 시사할 뿐만 아니라 시의 이미지가 이렇게 가장 깊은 내면의 차원에서 생성되는가를 암시하는 중요한 장면이다. 나아가 이 시구는 현실의 시간과 시의 시간, 일상인의 시간과 시인의 시간은 어떻게 다른가 하는 물음을 제기하기도 한다.

미자의 시구에서 '붉은 꽃'은 '피'에 비유된다. 그녀의 내면에서 꽃의 빛깔은 피와 다르지 않게 인식되고 있다는 말이다. 영화의 관객들이, 시의 독자들이 통속적 수준을 넘어 이 영화 속 '시'의 비의에 이를 수 있는 첫번째 장면은 여기다. 그러나 비의에 닿기는 쉽지 않다. 교과서로 배워온 범속한 이해가 우리를 간섭하기 때문이다. 예컨대 이런 시구에 관객과 독자들이 가지고 있는 통속적 이해란 이런 것이다. '피같이 붉은 꽃'에서 '붉은 꽃'은 원관념이며 '피'는 보조관념으로서, '피'는 원관념을 이해시키기 위해 시인이 찾아내고 선택한 대상이라는 식의 설명 말이다. 전혀 근거가 없다고는 할 수 없는 이러한 이해는 두 가지 통념에 기초해 있다. 하나는 시를 쓰는 주체가 시인이라는 생각이며, 또하나는 이미지가 가능한 여러 '옵션' 중 하나라는 생각이다.

그러나 시가 쓰이는 깊은 층위에서 보자면 미자에게 '피같이 붉은 꽃'은 본인이 '쓴' 것도 아니며, '피같이'라는 비유는 선택 가능한 여러 임의적 이미지 중 하나가 아니라 필연적인 것이다. 선택의 주체는 미자가 아니라 이미지 자체이기 때문이다. 미자가 이미지를 선택한 것이 아니라 이미지가 미자를 통해 메모 형식으로 '도착'했다는 말을 이해할 수 있을까.

타자로부터 도착한 메모

이 시구는 사건 당사자들이 사는 시간과 미자가 사는 시간 차원의 차이를 드러낸다. 그리고 영화에서 일상인의 시간과 시인의 시간이 어떻게 다른지를 암시한다. 죄의 본질을 묻기 전에 죄로부터 회피를, 책임을 묻고 수용하기 전에 책임 탕감을 꾀하는 연루자들의 통속적 시간은 실용적, 도구적 이성 층위에 있다. 그와 달리 미자는 죄의 현장, 죄로 인해 죽음에 이른 여학생의 시간을 '몸으로' 살고 있다. 실용적 시간이 아니라 윤리를 질문하는 시간이다. 미자는 피해자의 '피의 시간'을 이미 살고 있다. 지금 미자에게 '붉은 꽃'은 피의 현실 이외의 것일 수 없다.

'피같이 붉은 꽃'에서 '피'는 붉은 꽃을 꾸미는 말이 아니며, 관조적 시선으로 외부 대상에 감정을 임의로 이입한 것도 아니다. 미자의 무의식은 이미 '붉은 꽃'에 스며 있으며 꽃이 된 몸은 '피'를 흘린다. 피와 붉은 꽃, 시의 시간과 피를 흘리는 꽃의 시간, 시인으로서 미자의 시간과 죽은 여학생의 시간은 분리되지 않는다. 미자는 이 순간 시쓰기 강좌에서 제시된 '사과 잘 보기'의 진정한 의미가 '(스스로) 사과 되어보기'였다는 사실을 부지불식간 인식하고 있는 것이다.

결정적인 시구, 의미심장한 이미지는 시인에게 도착하는 타자의 필연적 메모와 비슷하다. 시인은 시구를, 이미지를 선택할 수 없다. 시는, 시의 이미지는 시인보다 크다. 엄밀히 말해서 그것은 시인의 속에서 비롯되지 않는다. 어떤 공명으로 시가 쓰이는 손에는 다른 시간이 임재한다. 항거할 수 없는 타자로부터 발신된 편지가 도착하는 시간이 시의 시간이다. 전적으로 내 안에서 비롯되었다고 할 수 없는 바깥의 무엇이 시쓰기에서 이미지로 발생한다는 데에 시의 신비가 있다.

이때 시인은 자기가 쓴 이미지가 무엇을 의미하는지 스스로 알지 못한다. 예컨대 이 영화에서 미자는 자기가 떠올린 '피같이 붉은 꽃'이라는 시구가 죽은 여학생의 임재라는 것을 끝내 인식하지 못한다. 여학생의 시간을 살고 있는 시인의 몸에서 이 시구는 분리해 관찰하거나 분석할 수 있는 외적 현실이 아니기 때문이다. 영화에서 이는 미자와 죽은 여학생 각각의 시선으로 본 삶의 풍경이 하나로 겹치는 미분리 영상으로 표현된다.

엄밀하고 깊은 의미에서 시의 시간은 '내 시간'이기 전에 타자가 나의 몸으로 침투하는 시간이다. 시의 시간은 쓰는 시간이 아니라 쓰이는 시간이다. 시는 주체성의 강화가 아니라 주체성의 해체와 개방을 통해서만 열리는 신비. 시는 주체의 바깥에 나의 동일성으로 흡수할 수 없는 타자의 '있음'을 알게 하는 현전의 장이다. 시는 나-우리가 인지하고 있던 세계 외부, 타인의 얼굴, 존재의 외재성을 환기한다. 시의 이미지는 바깥으로부터 내게로 도착한다. 나를 넘어선다는 점에서, 무엇이 도착할지 쓰이기 전에는 알 수 없다는 점에서 시의 시간은 깊고 멀고 낯설다.

'시인'이란 주체를 부르는 명칭이라기보다는 타자가 도착하는 시간의 외재성에 관한 호명이라고 해야 하지 않을까.

서른 살
: 서럽고 설익고 낯선

서럽거나 설익거나 낯설거나

불가리아의 언어철학자 줄리아 크리스테바에 따르면 말의 본질은 음성, 즉 소릿값이다. 소릿값에는 문화 저마다의 메커니즘으로 말뜻이 분절되어 자리잡히기 전 '질감'이 존재한다. 소리에는 물성이 있으며, 그 물성은 문화라는 인공적 기제가 개입하기 이전에 나름의 자연스러운 의미를 형성한다. 문득 '서른 살'이라는 단어를 발음해보다가, 이 단어의 소릿값이야말로 독특한 질감을 가지고 있다는 생각이 들었다. '서른 살'은 '서른'과 '살'이라는 두 단어를 합친 복합어인데 이 결합은 특이한 인상을 자아낸다.

서른, 서른, 서른……이라고 입으로 몇 번 소리내어보자. 단지 '30'이라는 수가 아니라 '서러운'이라고도 들리고, 밥이 '설다'(설익다)고 할 때 '설은'으로도 들리지 않는가. 또다시 들어보면 '낯설다' 할 때 '(낯)설은'으로도 들린다. 말장난 같지만 저 언어철학적 통찰에 따르면 '서른'의 의미에는 부지불식간에 이 소릿값 모두가 반영되어 있을지도 모른다. '살(나이, 歲)'이라는 단어와 결합된 '서른 살'은 '서른'이라는 소릿값의 물질적 복합성을 특히 잘 보존하는 듯하다. '서른'과 결합되면서 '살'이라는 말이 종종 몸을 뜻하는 단어인 '살flesh'처럼 들리는 경우가 있다. 그때 '서른 살'은 '서러운 몸'이거나 '설익은 몸'이거나 '낯선 몸'으로 연상되곤 한다.

매일 이별하며 살고 있구나

가수 김광석이 이 세상 사람이 아니게 된 지도 20년이 훨씬 넘었다. 갓 서른 살이 넘어 요절한 그가 지금까지 살아 있었다고 해봐야 예순이 안 된다. 인생의 중년을 살아보지 못한 채

생을 마감한 이 젊은 음유시인은 〈서른 즈음에〉라는 노래에서 '서른 살'을 "또 하루 멀어져" 가는 시간, "매일 이별하며" 사는 시간으로 체험했다. 이 시간 체험의 이미지는 "내뿜은 담배 연기"로 표현된다. 서른 살은 내 몸과 머릿속을 가득 채우고 있던 열망이 몸 바깥으로 한숨처럼 허탈하게 빠져나가는 경험이며, 강렬하게 체험되었으나 곧 실체 없이 허공에 사라질 덧없는 연기로 연상된다. 무엇보다도 그에게 서른 살이란 "떠나간 내 사랑"이라는 '기억'의 시간이었으므로.

긴 시간을 아직 살아보지 못한 청년에게 서른 살은 지금까지 모든 기억에 버금갈 만큼 혹독한 상실감이 응집된 무대다. 그래서 그에게 서른 살은 '서러운 몸'을 사는 시간이다. 상실된 사랑은 그 자체로 서른 살이라는 '청춘'의 메타포이기도 한데, 주목해야 할 것은 그가 인생의 나침반을 바꿔놓는 듯한 이 지독한 상실 체험을 회고적 시선으로, 소위 '쿨한' 감성으로 흘려보내지 않았다는 사실이다. 누구나 겪는 통속적 일상사를 다룬 그의 노래가 '시적인 것'이 되는 지점이 바로 여기다.

"매일 이별하며 살고 있구나"라는 감수성에서 특별히 눈여겨볼 것은 이별이 일회적인 불행이 아니라 "매일" 지속되고 반복되는 삶의 시간으로 추체험된다는 사실이다. "조금씩 잊혀져 간다"라고 말하지만 노래하는 동안 기억은 지속된다. 이는 무감각이 아니다. "매일 이별하며 살고 있구나"라는 노랫말의 역설은 노래 속에서 사랑의 시간이 반복 재생되고, 그런 의미에서 노래하는 이가 여전히 사랑의 시간을 살고 있다는 사실이다. "님은 갔지마는 나는 님을 보내지 아니하였습니다"(한용운, 「님의 침묵」)라는 시구와 저 노랫말 속에 담긴 체험의 혹독함과 진지함이 크게 다른 성격일 리 없다. '쿨하게' 잊어버리는 것이 시대의 트렌드처럼 되어 있으나, 상처를 사랑의 시간으로 되돌려 "매일 이별하며" 다시 사는 〈서른 즈음에〉의 기억 작동 방식이야말로 그 시간이 지닌 진정한 능력일지 모른다. 끝까지 가는 처연함이라고 해야 할까.

행복행복행복한 항복

김행숙의 시 「삼십세」에서 화자는 서른 살을 나무에 들이받은 자가용의 감각으로 체험한다. 이 독백에는 현재와 과거 회상이 동시에 섞여 있다. 현재는 "내 차가 들이받은 나무는 허리를 꺾"인 상황이다. 이때 "나는 엄마, 생각을 했다". 이유는 교통사고가 나는 절박한 위험 상황에서 순간적으로 어린 시절 절대적 보호자로서 유모차를 밀어주던 엄마가 떠올랐기 때문이다.

서른 살은 엄마가 밀어주던 유모차가 내가 모는 자가용으로 바뀌는 시간이다. 서른 살은 "핸들에 손을 얹고" 도로표지판을 살피며 스스로 운전해야만 하는 인생의 시간이다. 삼십 세라는 주체성의 표지인 동시에 불안함의 표지이기도 하다. 혼자 달리는 도로는 '낯설고' 운전 능력은 아직 '설익다'. 손수 운전을 하다가 알 수 없는 어딘가에서 사고를 낸 그 곁에 엄마를 대신한 '당신'이 있기는 하지만 그가 내가 쥔 인생의 핸들을 대리할 수는 없으리라. '엄마'와 '당신'은 전혀 다른 존재 위상을 가지므로. 내 곁에 있는 존재가 아무리 가까워도 엄마처럼 절대적 보호자가 되어주지는 못한다는 타인 의식을 갖게 되는 시기가 서른 살이다. 주체성은 고독하고 불안하게 흔들린다.

서른 살에는 어떤 방식으로든 자기가 선택한 인생에 어렴풋한 방향성이 생긴다. 하지만 길은 낯설다. 길의 주변에 무엇이 있는지, 그 길이 어디에 닿는지에 대해서도 확신할 수 없다. 게다가 내가 도로를 선택하여 운전한다기보다는, 도로에 맞추어 운전하는 '기사'가 되기 시작하는 게 이 시간이기도 하다. 10대나 20대와는 달리 삶의 전체적 방향이나 사회구조 속에서 개인에게 주어진 자율성이 그다지 크지 않음을 느끼면서 인생의 누추함을 자각하게 되는 시간대도 이즈음이기 때문이다. 사회에 대한 구조적 인식은 곧 주체성의 허위와 무력함에 대한 자각이기도 하다. 이때 '생각하는 대로 사는 게' 아니라, '사는 대로 생각하는' 자신을 발견하기도 한다. "내가 어디로 가고 있었나요? 멈출 수가 없었어요"라는 식의 당황스러운 질문들이 나를 엄습하는 시간.

시인 최승자는 "이렇게 살 수도 없고 이렇게 죽을 수도 없을 때/서른 살은 온다"(「삼 십 세」)고 말했다. '서른 살'이라는 시간이 지닌 모호하고 모순적인 성격에 대한 솔직한 직관이 담겨 있다. 서른 살이라는 시간은 시작이고 이별이며, 설렘이고 불안이다. 자발적 선택과 비자발적 선택이 섞여 있고, 우연과 필연이 교차하는 시간이다. 봄이면서 여름이며, 김광석의 노래처럼 가을 문턱에 서 있다고 생각하는 특이한 감성적 분기점이기도 하다. 아이의 천진한 웃음과 어른의 사회적 마스크가 공존하는 무대다. 한 소설의 주인공은 "나는 어째서 언제나 어중간하고 타협적인 것일까?"라고 질문하다가, "멋지게 죽는 것은 어렵

지 않다. 정말 어려운 것은 끝까지 살아남는 것이다"(이장욱, 『천
국보다 낯선』)라고 자못 다시 비장하게 결심한다. 성찰적 자문
과 자기 정당화를 하는 자가당착적인 자답이 동시에 일어나기
시작하는 주인공의 나이가 서른 즈음이었다는 것은 우연이 아
니다.

　그렇지만 최승자는 이 시간에 대해서도 얼굴에 "철판깔"고
변명하지는 말자고 말한다. 많은 이들이 "행복행복행복한 항복"
을 하게 되는 서른 살의 '항복' 역시 결국 나의 선택임을 인정
하라는 말이다.

아 이 가 무 섭 다 고 그 럴 때
: 아이는 무엇을 보는가

아이들은 무서울 때 무섭다고 느낀다

　그해 서울(경성)에도 봄꽃은 만개했다. 광화문 뒤편 경복궁에도 봄꽃은 피었다. 오래된 길의 동선을 따라 창덕궁 비원에도, 창경궁에도. 다만 창경궁의 이름은 창경원으로 바뀌었다. 동물원과 유원지로 바뀐 궁에는 맹수 우리가 생겼고, 커다란 새장이 만들어졌으며, 궁을 공원으로 바꾼 이들이 심은 벚꽃으로 봄의 성을 이뤘다.

　광화문 주변에는 예전에 없던 새로운 길이 생겨났다. 운종가로 불리던 종로통 외에는 큰길이 없던 궁 주변에는 남대문을 마주한 대로가 생겼다. 경복궁 맞은편 멀리 있는 관악산이 '불산'이라고 하여 길 내기를 꺼렸던 방향이었다. 이 길을 따라 남대문 밖에는 사람과 마소의 힘으로 움직이지 않는 기차라는 새로운 교통수단과 역이 생겼다. 역에는 해시계와는 다른 기계식 시계가 생겼다. 광화문 남쪽에 새로 생긴 남북 도로에 횡으로도 연이어 길이 생겼다. 동대문 방향으로 이어지는 그 길에 생긴 동네는 황금정(을지로)과 본정통(충무로, 명동)이라 불렸으며, 남산골 샌님의 거주지는 일본인 중심의 상업지구로 바뀌었다. 최초의 백화점(미쓰코시 백화점)과 현대식 은행(조선은행)과 우체국(경성우편국)이 생겨났다.

광화문 일대 서울 거리는 대단한 활기를 띠었다. 공원과 동물원으로 바뀐 창경원에서 벚꽃놀이를 하기 위해 매년 봄 수십만의 인파가 몰려들었고 밤까지 발 디딜 틈이 없었다. 식민지 지배자들이 궁을 부수고 연 박람회를 보려고 헤아릴 수 없이 많은 식민지 백성이 그곳으로 몰려들었다. 경성의 명물이 된 백화점 엘리베이터는 '승천하는 기구'로 불렸으며, 일본인이 주인이 된 서울 곳곳 상업지구에도 조선 사람들이 가득차서 1930년대 경성 거리는 나라를 잃기 전보다 더 활기가 넘쳤다.

13인의아해가도로로질주하오.

(길은막다른골목이적당하오.)

제1의아해가무섭다고그리오.

제2의아해도무섭다고그리오.

제3의아해도무섭다고그리오.

제4의아해도무섭다고그리오.

제5의아해도무섭다고그리오.

제6의아해도무섭다고그리오.

제7의아해도무섭다고그리오.

제8의아해도무섭다고그리오.

제9의아해도무섭다고그리오.

제10의아해도무섭다고그리오.

제11의아해가무섭다고그리오.

제12의아해도무섭다고그리오.

제13의아해도무섭다고그리오.

13인의아해는무서운아해와무서워하는아해와그렇게뿐이

모였소.(다른사정은없는것이차라리나았소)

—이상, 「오감도 시제일호」 부분

윌리엄 워즈워스는 그의 시 「무지개」에서 "아이는 어른의 아버지"라는 유명한 시구를 남겼다. "하늘의 무지개를 볼 때마다/내 가슴 설레느니" "쉰 예순에도 그렇지 못하다면/차라리 죽음이 나으리라"라는 문장 뒤에 나오는 이 시구는, '아이'라는 동심에서 훼손되지 않은 인간 순결성의 중핵을 본다. 아이는 사물을 둘러싼 복합적 맥락을 고려하는 능력을 갖추지는 못하지만, 대신 사물 자체에 충실하여 사물이 뿜어내는 에너지를 즉시 인지하는 감각적 개방성과 예민함을 지녔다. 워즈워스는 아이를 어른이 되는 과정에 있는 '미성년'의 시간이 아니라, 우리가 늘 회복하고 돌아가야 할 원형적 시간으로서, 훼손되지 않은 세계 감각과 유연성을 지닌 존재로 보았다. 그에게 아이는 어른을 예비하는 시간이 아니라 오히려 영혼이 진정으로 성장할 때만 회복하고 돌아갈 수 있는 '아버지로서의 시간'이다.

워즈워스의 아이는 가혹한 시대를 살던 한 식민지 시대 젊은 시인에게는 다른 방식으로 변형되어 나타난다. '무지개'를 보며 설렜던 아이는 도로를 무서워하는 아이로 바뀐다. 한국 현대문학사에서 커다란 해석 스캔들을 낳은 이 시를 이해하는 일은 어쩌면 생각보다 간단할지도 모른다. '아이가 도로를 무서워하고 있다'는 반복되는 사실이 핵심이다. 초점을 아이에 맞춘다면 도로를 무서워하는 존재가 어른이 아닌 "아해"라는 사실을 확인하는 것만으로도 충분하다. 다시 말해 이 시는 아이들이 달리는 도로를 어른들은 무서워하지 않는다는 정황을 강조해서 드러내고 있다.

어른들이 무서워하지 않는 그 "도로"는 바로 식민지 시대 서울의 도로다. 오랜 왕조가 외세에 의해 강제로 폐위되고, 궁이 동물원으로 바뀌고, 이 땅 사람들의 집터가 식민자들에게 장악되었던 도로다. 식민지 백성이었던 '어른'들은 총독부가 버티고 선 그 지배적 장소에서 벚꽃놀이를 즐기고, 박람회 유람을 다니며, 쇼핑을 즐긴다. 어른들은 무서워하지 않는다. 겁이 없어서가 아니라 현재 시간의 본질을 볼 수 없기 때문이다. 현실을 살지만 어른의 시간 감각에 현재 시간의 실제 의미는 거세되어 있다.

「오감도 시제일호」의 난해성은 시 자체보다는 어른(독자)들은 보려 하지 않는 또는 보지 못하는 지금 시간의 핵심, 현재 시간에 포개진 역사의 중층성에 아이들만이 정직하게 개방되어 있다는 사실로부터 나온다. 아이들만이 시간의 중핵에 닿아 있다. 어른들은 무섭지 않은데, 무서움을 느끼지 못하는데,

아이들만이 무서워하고, 무서워할 줄 안다. 무서울 때 무서움을 느끼는 것, 이 상황이 공포의 상황이라는 사실을 감지하고 인식할 수 있는 감각은 생명체의 가장 중요한 '능력'이다. 아이들은 무서운 것을 무섭다고 느낄 줄 '안다'. 공포는 아이들의 능력이며 고유한 힘이다. 아이들은 꽃피는 물리적 시간에서 퇴폐적인 정치의 시간을 감지한다. 아이의 살갗은 여리지만 현재 시계를 정확히 지각하는 예민한 촉수이자 피부다. 아이들이 세계 폭력에 유난히 예민한 것은 힘이 약해서이기도 하지만, 어른들보다 폭력의 실체를 예민하게 감각하기 때문이다.

아이들은 다른 시간을 꿈꾼다

이상의 아이들이 무서워하는(무서워할 줄 아는) 아이들이라면 황동규에게는 「서서 잠드는 아이들」이 있다. 눕지 않는다는 점에서 완전히 잠들지 않은 주체의 긴장된 정신을 암시하고 있다. 서서 잠든다는 것은 잠을 자는 밤에도 깨어 있다는 뜻이다. 반대로 어른들은 눈뜨고 서 있어도 잠든 정신처럼 산다. 그런 어른들에 의해 지탱되는 세계가 '사회'라는 공간을 이루고, 반복적으로 지속되는 '일상'이라는 안온한 시간 감각을 구성한다. 어른과 아이는 한 공간에서도 다른 세계, 다른 시간을 산다.

예컨대 '돌다리도 두들겨보고 건넌다'는 속담은 오래된 지혜를 담은 말이다. 이러한 말들이 자신하는 지혜는 생존 도모와 안전을 우선순위로 여기는 어른들의 시간을 함의한다. 반면 아이들은 속담이 지시하는 안전 규범의 지혜 바깥으로 뛰쳐나가려는 성향을 지녔다. 즉 아이들은 "시내를 건널 때/얼음이 든든한가 두드려보지 않"는다. 이를 무지 때문이라고 할 수 있을까. 생존 본능이라면 아이도 어른 못지않다. 아이들이 바깥으로 나가려는 성향은 전승된 속담의 지혜처럼 목숨 부지에 모든 걸 거는 방식에는 '너머'의 시간이 없음을 감지하기 때문이다. 어른들의 속담이 과거에 지향된 삶의 본능이라면 아이들의 본능은 필연적으로 미래에 맞춰져 있다. 아이는 미래의 존재이기 때문이다. "얼음이 든든한가 두드려보지 않"는 용기와 순진한 무모함이 아이들의 "우리"를 어른들이 구축한 '사회'와 구별되는 공동 존재로 만든다. "우리"는 사회에 내포된 협소한 개인 생존 지상주의를 거부한다는 점에서 '(미성년이 아니라) 비성년' 연합체다.

"옆의 아이가 잠자며 노래부"르고 "다른 아이는 잠속에서 소리없이 웃"고, 서로가 그 웃음과 노랫소리를 알아맞힌다는 말은, "잠드는 아이들"이 미래에 속하는 '꿈의 공동체' 일원이며 서로 공감의 시간에 있다는 뜻이다. "서서 잠드는" 것은 '꿈꾸는 정신', 다른 시간을 사는 정신이다. 현재 세계 시간 속 "노래와 울음을 끝내는" 농시에 울음에 깃든 비극적 세계 인식과 노래에 스민 자유로운 놀이충동을 "끝내지 않으려"는 정신이다. 울음과 노래는 고통스러운 현재 시간에 대한 비탄인 동시에 억압 없는 미래 시간에 대한 비원을 담고 있다. 극도의 억압 상황에서 터져나오는 울음과 진정한 자유를 노래하는 해방가는 모두 숭고하고 아름답다.

아이들의 노래와 울음은 끝내야 할 세계에 저항하고 끝낼 수 없는 비원을 반복한다. 이것이 아이들의 본능이고 생명의 충만한 감각이다. 이 충동이 인간 역사의 길을 낸다. 역사는 "산불"처럼 일어나는 존재의 고양과 영감을 담고 있지만 과거에 붙들린 안전제일주의형 어른들은 결코 보지 못한다. 꿈에 환하게 일어나는 "산불"을 본 아이들은 잠에서 깨어나 어른의 시간을 살면서도 이 노래와 울음을 그칠 수 없을 것이며, 꿈에서 불렀던 노래와 울음으로 극복하고자 했던 사회적 시간을 끝내려고 애쓰게도 될 것이다. 우리가 흔히 시라고 부르는 것이 바로 이 아이들이 현재로 소환한 미래의 노래와 울음이다. 많은 아름다운 시의 화자는 말 너머를 말하려고 애쓰는 아이들이며 그 꿈과 기도가 새로운 역사의 비전을 이룬다. 워즈워스의 시에서 아이들을 설레게 했던 그 무지개 역시 이미 미래에 살면서 '서서 잠드는 아이들'이 꿈에서 본 산불과 다르지 않다고 해야 할 것이다.

담배 피우는 시간
: 휘발되는 연기에 대하여

허무와 닿기

나는 어느 작가의 파이프지요
아비시니아나 카프라리아 여인을 닮은
내 얼굴을 보면 다들 알 거야
주인이 대단한 골초라는 걸.

주인이 시름에 빠져 있을 때면
나는 연기를 마구 피워올리지요
들에서 돌아오는 농부를 위해

밥을 짓는 시골집 아궁이 같지요.

—샤를 피에르 보들레르, 「파이프」 부분

현대시의 세계를 연 보들레르는 대단한 담배 예찬가였다. 그는 담배를 피울 때 은밀하고 에로틱한 시간이 열린다는 것도, 한없이 너그럽고 친근하게 우리를 위로해주는 '친구의 시간'이 열린다는 것도 알고 있었다. 담배는 작가에게 쾌락을 제공하는 동시에 괴로움을 다독이는 친구다. 성性과 우정의 감각을 동시에 여는 시간, 이게 바로 보들레르의 담배 피우는 시간이다.

이 매혹의 실체는 따지고 들어가면 간단치가 않다. 담배는 이중의 아이러니를 내포하고 있다. 담배의 매혹은 담배 피우는 사람과 담배라는 사물 사이에 직관적으로 형성되는 감각의 동형성에서 발생한다. 담배를 물고 빠는 입은 은밀한 성적 판타지를 충족시킨다. 프로이트적 직관을 응용하면 이 판타지와 만족의 메커니즘은 어쩌면 '물고' '빠'는 입을 통해 구순기口脣期로의 회귀를 반복하는 것과 연결될지도 모른다.

괴로움에 젖은 이의 입에서 "피워올리"는 연기는 그의 '깊은 한숨'을 시각화한다. 담배 피우는 이의 육체와 심리는 일체화된다. 성도 한숨도 숨겨지고 억압된 것이다. 담뱃불과 담배 연기는 그런 점에서 '억압된 것의 회귀'다. 그래서 담배를 피울 때 아주 잠시나마 영혼을 얽어 흔드는 체험을 까닭 없다고 하기 어렵다. 이때 우리는 우리 안에 억압되었던 것의 표출을 제 눈으로 경험하며, 이 확인은 우리를 나른하면서도 고혹적으로 위무한다.

하지만 담뱃불과 담배 연기는 아이러니라고도, 변증법이라고도 할 수 있는 모호함을 내포하고 있다. 무엇보다도 담배는 우리가 완전히 소유할 수 없는 사물이라는 사실을 깨달아야 한다. 평생 담배를 피워온 골초일지라도 담배가 단지 명사적 사물이 아니라 담배 피우는 행위, '담배 피우는 시간'을 통해서만 체험될 수 있는 동적이고 시간적인 사물임을 인식하는 이는 많지 않으리라. 담배 피우는 시간 체험은 평생을 핀다 한들 축적되지 않고 휘발된다. 몸에 남아 있는 니코틴이나 타르라는 의학적 현실은 보들레르의 담배 체험과는 아무런 관련이 없다.

담배 연기는 한순간 우리 몸속으로 깊이 들어왔다가는 다시 빠져나간다. 연기는 목과 내장의 어떤 지점들을 관통했다가 스치듯 몸에서 사라진다. 몸이 기억하는 것은 어떤 열정의 환영 같은 그을음이다. 우리가 경험하는 이 연소와 흡입과 그을음과 스침과 뿜어내기의 숨은 의미는 무엇인가. 입으로 강력하게 빨고 태우고 그 연소물을 깊이 들이마시지만, 이때 진정으로 경험하는 것은 불완전한 방식으로만 가능한 만족과 소유에 대한 기이한 감각이다. 빨고 태우고 마시지만 그것은 다시 빠져나간다. 몸으로 들어왔지만 다시 허공으로 내뱉어지는 담배 연기처럼 우리 안에 숨은 어떤 갈증은 손아귀에 잡히지 않는 환영과 같다. 일종의 '허무' 체험이다. 담배를 피우는 시간은 이 허무와 일상적으로 조우하며, 허무가 주는 덧없는 쾌락에 '중독'되는 시간이다. 담배에 있어 중독의 숨겨진 의미는 니코틴 같은 물리적 요소라기보다는 실체화되지 않고 휘발되는 이 허무와 관계된다.

작가들의 연기, 신의 입김

담배 연기가 늘 허무로만 체험되는 것은 아니다. 특히 작가들에게 담배는 특이하고 유용한 시간 체험을 선사한다. 유명 작가들의 사진 중에는 담배를 손가락에 끼거나 입에 물고 있는 장면이 유독 많다. 시인 최승자나 작가 롤랑 바르트의 사진에서 그들의 손가락과 입에 담배가 없는 풍경을 떠올리기는 쉽지 않다.

시인 김수영은 작가와 담배의 관계에 흥미로운 암시를 주는 글을 남겼다. 그의 수수께끼 같은 글은 담배 피우는 시간이 곧 작가의 시간이요, 시의 시간이라고 얘기한다. 「반시론反詩論」에서 그는 "참다운 노래가 나오는 것은 다른 입김이다/아무것도 바라지 않는 입김/신의 안을 불고 가는 입김"(라이너 마리아 릴케, 「오르페우스에 바치는 송가」)이라는 시구를 언급하며 시가 세상의 얄팍한 실용적 관점에 닿지 못하는 신의 입김이라고 얘기한다. 그러고는 이어서 18세기 낭만주의 철학자 헤르더의 "인간이 일찍이 지상에서 생각하고 바라고 행한 인간적인 일, 또한 앞으로 행하게 될 인간적인 일, 이러한 모든 일은 한 줄기의 나풀대는 산들바람에 달려 있다"는 말을 다시 인용한다. 흥미로운 것은 다음 대목이다. 김수영이 릴케의 '신의 입김'과 헤르더의 '한 줄기의 나풀대는 산들바람'을 언급하면서 이를 '담배 연기'로 이어가기 때문이다. '신의 입김-산들바람-담배 연기'라는 연상 과정이 김수영에게 당연하게 받아들여져서인지 이 산문에서 그 이유는 분명하게 설명되지 않는다.

그러나 이 문장의 연상 과정을 추론해보는 일이 아주 어렵지는 않다. 많은 작가가 글을 쓰며 담배를 피운다. 김수영도 골초였다. 늘 줄담배를 피우며 시를 쓰는 자신을 보면서, 그는 시가 나오는 입("입김")과 담배 연기가 나오는 입이 다르지 않다고 여겼을 것이다. 단지 물리적 차원의 현상을 얘기하는 것이 아니다. 시 쓰는 시간과 담배 피우는 시간 사이에 놓인 상동성에 대한 암시다. 시를 쓰는 일은 '지금 세계(현실)'의 관성적 감각에서 벗어나 '다른 현실'에 이르는 작업이고 과정이다. 다른 현실이란 이 현실이 망각한 현실, 이 현실의 출발이었던 기원, 원형의 시간이다. 그 현실을 보는 일은 지금 현실의 눈이 아닌 눈을 갖는 것이며, 그 현실의 이미지는 신의 나라의 실루엣처럼 흐릿하며 순간적이다. 그 나라의 실루엣을 발설하는 시인의 입은 신의 입과 다르지 않다. 낭만주의 철학의 문학적 입안자였던 헤르더나 보들레르에게도 이러한 관념은 공유되었다. 훨씬 후대 사람인 김수영이라 할지라도 시인의 입김이 일상인의 입김과는 다르다는 생각은 시인의 정체성으로서 포기될 수 없었다.

'신의 입김'을 내뿜기 위해서는 어떻게 해야 하는가. 현실의 실용적 시간을 유일한 시간으로, 입을 먹는 통로로만 여기는 생존 본능을 통해서는 불가능함이 분명하다. 앞으로 올 시인들에게도 이 생각은 고수될 것이다. 그것은 생활인이 겪는 감수성의 상투성과 경험의 피상성을 뚫고 망각된 시간의 카타콤을 회복하는 행위이며, "앞으로 행하게 될 인간적인 일", 즉 아직 오지 않은 시간을 미리 당겨 사는 예감의 실천이기도 하다. 시가 '다시' '미리' 당기는 이 시간들은 쉽게 체험되지 않는다. 인간됨의 비참과 영광이 깃든 이 시간 체험을 위해 시인은 일상의 시간을 탈각해야 하며, 이를 위해 극도로 메마른 감각의 골짜기를 넘어가는 시간을 겪어야 한다. 많은 시인에게 담배는 일상의 몸을 벗는 고독하고 메마른 길의 동행자가 되곤 한다.

4월은 잔인한 달

: '목숨'이 아니라 '삶'으로서의 기억

기억은 사건을 기억하는 일

다시, 4월이다. 한국에서는 4월의 '사건'들로 인해 공동체 구성원들이 다른 시간을 살게 되었다. '사건'의 진정한 의미는 사건 이후 그 사건이 잉태하는 연속적인 계열들이 맞물리면서 시간 지평 전체가 다른 방식으로 변화한다는 뜻이다. 그래서 하나의 사건에 대한 기억은 특정한 사건이 파생시킨 사건의 연쇄, 사건의 계열, 시간 지평 전체를 뜻한다. 여기에서 과거의 기억은 그 기억이 연쇄적으로 낳아 이르게 된 현재를 직시하는 일이 되며, 이것이 다시 낳게 될 아직 오지 않은 시간들을 예상하고 대비하는 일이 된다.

'망각'의 의미도 마찬가지다. 어떤 결정적으로 중요한 사건의 망각은 그 사건으로부터 파생되었던 사건 계열의 망각이며, 이는 그 사건의 결과로서 오늘에 이른 현재 시간에 대한 외면이자 아직 당도하지 않은 시간에 대한 무대비를 뜻한다. 결정적인 과거와 그것에서 파생된 현재와 그것이 야기할 미래의 망각, 이를 삶 전체의 망각과 구별할 수 있을까. 따라서 다시 기억은 단지 과거 회상이 아니라 현재 직시이며 미래 예측과 견주어진다. 이런 차원에서 보면 기억은 망각이라는 나태한 정신이 야기할지도 모르는 '죽음'에 맞서는 삶의 절박한 응전이기도 하다.

'목숨'이 아니라 '삶'이다

현대시의 한 서막을 열었으되 난해하여 오히려 상투적이고 손쉬운 방식으로 소비되는 엘리엇의 시 한 편을 적는다.

사월은 가장 잔인한 달

죽은 땅에서 라일락을 키워내고

기억과 욕망을 뒤섞으며

봄비로 잠든 뿌리를 깨운다.

겨울은 오히려 따뜻했다

망각의 눈으로 대지를 덮고

마른 구근으로 겨우 목숨을 먹여살렸으니.

—T. S. 엘리엇, 「황무지」 부분

"사월은 가장 잔인한 달"이란 유명한 시구는 사실 이 단락의 결론이다. 그 뒤를 따르는 몇 개의 시구들이 지시하는 정황에 따라 중층의 역설을 포함하고 있다. 고도의 상징이 내포되어 있지만 아주 단순하게 말하자면 이 단락은 두 개의 내용으로 나뉜다.

① 겨울 땅속에서 마른 구근이 "겨우 목숨"을 부지시키고 있으며

② 4월은 보이지 않던 그 "목숨"이 땅 위로 올라와 개화와 생명의 약동을 가시적으로 느낄 수 있는 시간이다.

널리 알려졌으나 제대로 이해되지 않고 있는 부분은 왜 생

명의 계절을 '잔인하다'고 말하는가다. "겨우 목숨"을 부지하게 하는 저 "마른 구근"은 '말라붙은 과거' '죽음'을 뜻한다. 죽은 것이 부활한다는 기독교적 순교나 늙은 것이 어린 생명을 키운다는 모성적 비유라기보다는, 목숨의 유지와 성장, 개화가 반생명과 맺는 변증법적 관계의 암시다.

이 시를 이해하는 열쇠는 겨울의 대지가 '따뜻했던' 이유를 "망각의 눈"으로 덮여 있기 때문이라고 말하는 부분이다. 반대로 겨울 죽은 땅속 말라붙은 뿌리를 흔드는(깨우는) "봄비"가 "기억과 욕망"의 이미지라는 데에 주의해야 한다. 이는 의미심장한 아이러니를 내포하는데, 겨울의 대지와 마른 뿌리, 곧 반생명의 실체가 "망각"이라는 뜻이기 때문이다. 거꾸로 말해서 그 뿌리를 흔들어 꽃을 개화시키는 것은 "기억과 욕망"이라는 뜻이다.

망각은 목숨을 부지하게 하고, 그 안에서 목숨의 연명은 "따뜻"하다. 망각은 "목숨"을 포획하고 있는 건조한 "죽은 땅"으로부터 목숨 그 자신의 시선을 돌려세움으로써 안전한 '겨울잠'을 보장한다. 겨울잠-망각의 늙은 뿌리를 흔드는 "봄비"는 "기억과 욕망"이다. 하지만 생명을 약동시키는 봄비는 겨우 살아

가는 목숨들에게는 또 얼마나 잔인한 존재인가. '깨어난다'는 것은 세계의 참상을 보는 눈을 갖는 일이요, 목숨을 연명시키는 안전한 품에서 벗어난다는 뜻이니까. 이를 하나의 문장으로 요약하면 이렇다. 목숨을 부지할 것인가, 꽃피울 것인가. 메마른 뿌리의 품속에서 계속 잠잘 것인가, 봄비를 맞으며 깨어나고 흔들릴 것인가.

4월은 잔인한 달이라는 시인의 전언은 이제 '4월의 기억은 잔인하다'는 말처럼 들린다. '기억하라'라는 말이 넘쳐나는 가운데, '기억'은 또다시 여러 상투어와 다르지 않은 무감각한 말이 되고 있지 않은가. 저 시를 떠올려보자. 기억의 본질은 특정 내용의 회고에 있다기보다는 안전하지만 나태한 정신에 의지해 목숨의 연명만을 지상 목표로 하는 생존 본능으로부터 '깨어남'을 뜻한다.

새벽 2시, 라디오를 듣는 시간

: 왜 잠들지 못하는가, 故 신해철에게

'마왕'의 시간

우리 시대와 호흡하며 대체 불가능한 카리스마를 보여주었던 아티스트이자 라디오 DJ 신해철을 새벽이면 종종 떠올린다. 그의 별명은 '마왕'이었다. 이 별명은 그의 특별한 색채에 잘 어울렸다. 마왕은 낮의 존재가 아니다. 마왕은 밤의 카리스마다. 어떤 밤인가? 그 밤은 몇시를 가리키는가? 마왕의 시각을 그가 오랫동안 진행했던 라디오방송이 흘러나오던 새벽 2시라고 얘기할 수 있지 않을까. 그러나 '새벽 2시'는 정말 새벽인가? 그냥 '02시'라고 해야 하지 않나. 02시는 아침을 예비하는 새벽이 아니라 밤이, 정확히 말해서 도시의 밤이 비로소 본령을 드러내는 시각이기 때문이다. 02시에서 0은 시작의 숫자가 아니라 어떤 텅 빔, 도시적 어둠의 한복판을 지시하는 기호다.

그가 진행하던 02시의 라디오는 특별했다. 그는 록 그룹의 리더였고 말수가 적지 않았지만, 밤 10시 라디오 DJ가 지닌 친구 같은 수다스러움과는 달랐으며, 자정 시간대 DJ의 부드러운 감성을 흉내내지 않았다. 말하자면 그 방송은 '호객 행위'를 하지 않았다. 시청자 위주의 편성이 아니라 진행자가 독특한 아우라를 발산하는, 불편함과 해방감이 기묘하게 동거하는 02시 라디오방송은 낮의 쇼윈도가 아닌 밤의 마네킹, 인적 끊긴 밤거리, 빛보다 그림자가 많은 도시 뒷골목, 어떤 고독한 바의 실루엣이었다. 도시의 마천루 사이 지하실에서 흘러나오는 아마추어 방송, 공중파 주파수대에 우연히 잡힌 해적방송 같았다.

02시의 DJ는 비현실적으로, 아니 비일상적으로 자주 '낄낄'거렸으며 직설적이었다. 그는 자기 뜻을 우회하는 수사법을 사용하지 않았고, 그래서 제멋대로 얘기하는 듯했으나 무례하지도 않았다. 일상성의 경계를 넘나드는 개방된 시각이 종종 위협적으로 느껴졌지만 이를 충동적이었다고 할 수는 없다. 몇 시간이 지나면 다시 똑같이 찾아올 오늘과 내일의 편안함을 약속하거나 위로하지 않았다는 점에서, 그는 '힐링 멘토'가 아니었다. 02시 DJ의 목소리는 일상으로의 복귀와 소시민적 건강을 회복시키는 달콤한 수면제가 아니라, 전형적인 생활인의 취향으로는 반죽되지 않는 까칠하고 돌출적인 무엇이었다. 02시의 라디오방송은 '스탠더드'가 아니다. 마왕은 그런 점에서 잘 어울리는 호칭이었다. 마왕은 길들여지지 않는 야성野性이며, 밤의 실체로서 야성夜性이 드러나는 02시에 부합하는 이름이었다.

첫차를 기다리지 않는 자들의 심야식당

02시 라디오를 듣는 시간이란 무엇인가. 그 방송을 듣는 이들은 누구인가. 그들은 왜 잠들지 못하는가. 그들은 네다섯 시간 후 시작될 아침 출근 준비를 설레는 맘으로 기다리는 중인가.

화가 에드워드 호퍼는 〈나이트호크〉라는 작품에서 한 풍경을 포착한다. 유리창 내부는 심야식당이다. 세 명의 손님이 바에 둘러앉았고 가운데 주인이 있으나, 그들은 시선을 마주치지 않으며 대화는 없다. 그중 한 명은 우리에게서 등을 돌리고 앉아 있다. 중절모를 쓴 이 손님의 몸은 반은 밝은 빛 아래, 반은 어둠에 가려 있다. 유난히 밝은 식당 내부의 빛은 바깥으로 발산된다. 그러나 유리창에서 번진 빛은 그 너머 칠흑 같은 밤의 경계를 더 명료하게 하는 효과를 보여준다. 식당 안 사람들은 인적이 완전히 끊긴 식당 바깥 도시의 거리 풍경과 대비되어 극적으로 강조된다.

밤 한복판 이 식당은 몇시인가. 잠들지 못하는 이 밤의 고독은 02시가 아닐까. 밤 식당의 손님들은 밤을 즐기는 이들이 아니라 '잠들지 못하는' 자들이다. 밤은 그들에게 안식의 시간이 아니다. 새벽은 또다시 도래하는 아침을 위한 예비 시간이 아니다. 밤은 깊고, 그들은 비로소 도시의 '텅 빔'을 목격한다. 인적이 사라지고 네온사인과 간판의 불이 꺼지며 막차도 끊어진다.

횡단보도 신호등은 여전히 꺼졌다 켜졌다를 반복한다. 건널 사람이 없어도 주기적으로 명멸하는 신호등과 비출 사람이 없어도 켜져 있는 가로등은 지금 무엇으로 여기 서 있는 것일까.

목적에 도달하지 못하는 무용한 도구들의 주기적 명멸. 그것은 기계적이고 계획적이며 자동적으로 단단하게 구획된 도시 일상의 주기성에 이상한 질문을 발동시키는 기호다. 이 기호는 파란불과 빨간불, 허용과 금지에 관한 문명의 엄격한 규칙이 진정 무엇을 뜻하는지를 질문한다.

낮은 무엇인가

잠들지 못하는 식당 손님들은 이 기호들과 접속하는 자들이다. 기계적 접촉과 자동성의 메커니즘은 사람과 사람 사이에도 있다. 도시에서 사람의 만남은 거대한 형식주의 그물망에 포획된다. '네트워크'라는 기계적 용어는 사람과 사람 사이에도 그대로 적용된다. 한 사람은 다른 한 사람의 내면과 깊이 만나기보다는 열 명, 백 명의 드러난 마스크, 그들이 찍어놓은 테이블 위 맛있어 보이는 파스타와 와인잔, 그들이 산 가방과 입고 있는 드레스, 관광지 풍경과 만나려고 한다. 오늘날의 도시인들은 음식이나 자연과 만날 때조차도 실재가 아니라 이미지와만 관계하려고 한다.

그러므로 SNS라 불리는 온라인 인간망을 가리키는 '가상공간'이라는 단어는 지금 세계의 실재를 은폐하는 속임수다. 이 공간의 관계 형식 자체가 오늘날 도시적 인간관계의 축소판이기 때문이다. 거의 모든 타인이 거의 모든 타인의 얼굴을 알 수 있고 스스로를 타인에게 개방하지만, 결코 한 인간의 깊은 내면과는 접속하기를 원하지 않는 세계. '너는 누구인가'라는 거인의 물음에 대한 오디세우스의 대답처럼, 지금 이 세계에서 당신이 알고 있는 타인의 얼굴은 '누구도 아니다nobody'. 도시는 그 자체로 '인스타그램'이다. 표면은 있지만 이 쇼윈도는 내면으로의 진입을 거부한다. 진정한 접속은 미끄러지거나 반사된다.

호퍼의 풍경에서 식당 내부의 유난스러운 빛은 거리의 어둠 속에 똬리를 틀고 있는 공허를 드러내려는 작가의 방편이다. 이 공허와 호응하여 남자의 몸뚱어리 절반을 지우고 있는 그림자는 02시의 것이다. 두세 시간만 지나면 다시 낮의 시간과 그들을 이어주는 첫차가 다니겠지만 그는 무심하리라. 한끼의 늦은 식사를 하고, 혹은 늦은 커피를 마시고 집으로 들어간다 하더라도 바로 잠들 수 없을 것이다. 그는 다시 02시 DJ의 '해적방송'에 주파수를 맞추지 않을까.

'02시란 무엇인가'라는 질문은 '밤은 무엇인가'라는 질문과 같다. 어둡다고 밤이 그저 찾아오는 것은 아니다. 밤은 밤에 관한 질문이 생겨날 때 비로소 찾아오는 시간이다. 그 시간은 낮이 무엇인가라는 질문을 필연적으로 동반한다. 도시의 낮은 이 질문 대신 '생활'로 축소된 삶에 획일적 해답을 제시하고, 사람들을 자동적으로 반응하고 움직이게 한다. 밤이 '밤은 무엇인가'라는 질문이 도래하는 시간인 반면 낮은 '낮은 무엇인가' 하는 질문을 망각시키는 시간이다. 하지만 02시에 라디오를 듣는 불면증 환자가 있다. 그들이 궁극적으로 접속하고 있는 주파수는 이 질문들이다.

순간의 철학
ⓒ함돈균 2021

초판 1쇄 인쇄 2021년 8월 25일
초판 1쇄 발행 2021년 9월 6일

지은이 함돈균
펴낸이 김민정
책임편집 김동휘   **편집** 유성원 송원경 김필균
디자인 이현정
마케팅 정민호 김도윤 방선영
홍보 김희숙 함유지 김현지 이소정 이미희 박지원
제작 강신은 김동욱 임현식
제작처 천광인쇄사(인쇄) 신안문화사(제본)

펴낸곳 난다
출판등록 2016년 8월 25일 제406-2016-000108호
주소 10881 경기도 파주시 회동길 210
전자우편 nandatoogo@gmail.com
트위터 @blackinana   **인스타그램** @nandaisart
문의전화 031) 955-8865(편집) 031) 955-2696(마케팅) 031) 955-8855(팩스)
문학동네카페 http://cafe.naver.com/mhdn   **트위터** @munhakdongne
북클럽문학동네 http://bookclubmunhak.com

ISBN 979-11-91859-03-4   03810